1

© 2017 Judith Hohmann

Verlag: **tredition GmbH**, Hamburg
ISBN Taschenbuch: **978-3-7439-1025-6**
ISBN Hardcover: **978-3-7439-1026-3**
ISBN e-Book: **978-3-7439-1027-0**

Bibliografische Information der Deutschen Nationalbibliothek:
Die Deutsche Nationalbibliothek verzeichnet diese Publikation in der Deutschen Nationalbibliografie; detaillierte bibliografische Daten sind im Internet über http://dnb.d-nb.de abrufbar.

Ich danke Lidija, Dani, meiner Kollegin Andrea, aber auch einem weiteren kleinen Kreis von guten Freunden dafür, dass sie für mich in einer schweren Zeit da waren und dabei halfen, ins Leben zurückzufinden... Danke, dass es euch gibt!

tredition®

Judith Hohmann
Im Chaos
der Gefühle

(c) 03/2017 Judith Hohmann

Im Chaos der Gefühle

© 2017 Judith Hohmann

Die Erfolgsautorin Andrea lernt bei einer Lesung die zwanzig Jahre jüngere Melanie kennen. Es ist Liebe auf den ersten Blick.

Nach Anlauf einer wunderschönen Romanze taucht ihre Ex auf und fängt an Andrea zu stalken. Sie setzt Andrea wegen des Altersunterschiedes zu Melanie seelisch zu. Und Andrea beginnt sich tatsächlich Gedanken darüber zu machen, ob es das Richtige ist was sie tut. Zudem hat sie nach einer großen Enttäuschung Angst vor einer festen Beziehung.

Sie versucht es Melanie zu erklären und bittet um eine Auszeit. Aber die Liebe scheint ihr einen Strich durch die Rechnung zu machen.

Unter Zeitdruck des Verlages, bald ihr neues Buchprojekt einzureichen, flüchtet sie kurzerhand nach Spanien in eine kleine Finca, die sie sich vor Jahren zusammen mit ihrer damaligen Lebensgefährtin gekauft hat.

Andrea möchte dort Ruhe finden, das Buch beenden und sich über ihre Gefühle klarwerden.

Das Chaos ist vorprogrammiert: Ihre Ex und Melanie tauchen in der Finca auf…

Im Chaos der Gefühle

von Judith Hohmann © 2017

Einleitung

Während meiner Lesung bemerkte ich diesen Blick, der die ganze Zeit über schon auf mir ruhte. In der vorletzten Reihe hinten links saß sie: lange blonde Haare, schmales Gesicht – und stechend blaue Augen. Sie visierte mich mit einem Blick an, der mir Gänsehaut bereitete. Mehrfach las ich dieselbe Zeile, und ich war nicht in der Lage, mich richtig darauf zu konzentrieren. Sie brachte mich vollends durcheinander.

Es fiel mir im Grunde recht schwer Lesungen zu halten. Endlich konnte ich es annähernd, und nun kam das! Folglich hob ich meinen Kopf, und wir sahen uns für einen Augenblick tief in die Augen. So etwas hatte ich noch nie zuvor erlebt. Es war so bewusst, ging tief unter die Haut.

Ich verwarf es jedoch schnellstens wieder.

Nun hatte ich mein Kapitel beendet, und alle, die dieser Lesung beiwohnten, fingen gedämpft an zu klatschen.

Die junge Frau, die vom Alter her locker meine Tochter hätte sein können, schaute weiterhin zu mir hinüber.

Langsam fing ich an sichtlich nervös zu werden.

Nachdem ich nun das letzte Buch signiert hatte, erhob ich mich vom Stuhl und stellte mich ein wenig abseits der kleinen Gesellschaft. Mit der Hand hielt ich mein Glas und beobachtete die Runde.

Viele standen in kleinen Gruppen beieinander und unterhielten sich. Gelegentlich stieß eine Frau zu mir, und wir sprachen kurz über mein zuletzt erschienenes Werk.

Während meiner Smalltalks, die ich hin und wieder führte, ruhte der Blick dieser wunderschönen Frau weiterhin auf mir.

Und ich konnte nicht umhin, als sie ebenfalls anzuschauen. Sie stand etwas weiter hinten, war wie ich auch immer wieder in kleinere Gespräche vertieft. Und immer wieder sah sie zu mir hinüber. Einmal hob sie sogar ihr Glas und nippte mit einem anreizenden Blick daran.

Nach einer Weile löste sie sich von der kleinen Gruppe, zu der noch weitere drei Frauen gehörten.

Meine Güte, sie kam direkt auf mich zu. *Eine Frau, die ganz sicher jede haben konnte.* Ich bemerkte, dass ich rot wurde.

Mein Hals war trocken und um meine Mundwinkel zuckte es. Zittrig hielt ich das Glas umgriffen. Ich riss mich zusammen.

Als wir uns nun dicht gegenüberstanden, versuchte ich meinen Kloß runter zu schlucken.

Nur nichts Falsches sagen, schoss es mir durch den Kopf. *Nun ja, möglicherweise meint sie ja gar nicht dich oder will sich einfach nur über dieses Buch unterhalten.*

Ich ertappte mich dabei, dass mein Blick zu ihren Lippen wanderte. Sinnliche Lippen, die dazu einluden sie küssen zu wollen. Meine Handinnenseiten wurden feucht. Am liebsten wäre ich im Erdboden versunken.

„Dein Buch ist echt toll", sagte sie. „Ich habe es längst gelesen. Als ich mitbekam, dass du hier im Café eine Lesung abhältst, musste ich kommen. Ich wollte wissen, wie die Autorin dazu aussieht, die den Roman verfasste."

Sie sprach mit mir. Sie sprach tatsächlich mit mir. Meine Knie waren butterweich geworden. Ich klebte weiterhin an diesen Lippen. Obwohl es mir schwerfiel, riss ich mich davon los und sah ihr ins Gesicht. *Verdammt noch mal! Von den Lippen hin zu diesen wunderschönen Augen. Das geht nicht*, ermahnte ich mich. *Reiß dich zusammen!*

„J-ja", stammelte ich. „Danke für das Kompliment." Es gelang mir gerade so, diese wenigen Silben herauszubringen. Zu mehr war ich nicht in der Lage.

„Wäre es für dich denkbar, mit mir was trinken zu gehen?", fragte sie unvermittelt.

Jetzt tat sich der Boden unter mir auf. *Flutsch und weg!* Das hätte ich mir jetzt am liebsten gewünscht. Einfach weg. Sie konnte NICHT mich gemeint haben. Ausgeschlossen! Ich drehte mich verdattert zur Seite, suchte nach denen die sie meinte. Aber da war ausschließlich ich. Also Nein, ich war gemeint. Ging nicht anders.

Das, was ich dann aus mir herausbrachte, ließ mich über mich selbst erschrecken. „Ich würde dich gerne küssen."

Mein Gegenüber starrte mich nicht wenig überrascht an. Aber geschockt war sie auch nicht darüber. Sie gewann an Farbe, wandte sich aber nicht ab. Weiter ruhte ihr Blick auf mir.

„Melanie", sagte sie mit sanfter Stimme und streckte mir ihre Hand entgegen. „Ich heiße Melanie."

Ich wäre am liebsten tot umgefallen. *Dass ich mal so rangehen würde?*

Ich war keine Zwanzig mehr, hatte zudem Jahre keine Beziehung mehr gehabt. Und nun stand ich hier, dachte bis Dato, dass ich total eingestaubt sei mit Gefühlen und allem was damit zusammenhing. Und nun sprach ich etwas aus, was ich früher niemals gewagt hätte auszusprechen. War ich doch eher zurückhaltend.
Melanie stellte ihr Glas auf dem kleinen Beistelltisch neben uns ab.
Sie machte einen Schritt auf mich zu und stand nun direkt vor mir.

(c) Judith Hohmann 6/2017

Keine dreißig Zentimeter mehr weit entfernt. Wie gut sie roch. Ich hob meine rechte Hand und strich ihr zittrig durch die langen Haare.
Sie beugte sich vor. „Möchtest du es denn gleichtun, oder sollen wir erst einmal von hier verschwinden?", hauchte sie mir ins Ohr.
Um uns herum knisterte es - die Stimmung hoch erotisch.
„Ich kann eigentlich gerade hier nicht weg", sagte ich kaum hörbar.

Mein Herz schlug heftig. Meine Güte, hoffentlich bemerkte sie es nicht. Und in meinen Schläfen pochte es. Ich schloss leicht meine Augen und spürte, wie sie mit ihren Lippen meinen Hals berührten und ihn zärtlich küsste.

Es kribbelte. Und mein Atem wurde schwerer. Dass mir so etwas mal passieren würde? Wie aus heiterem Himmel machte es >Peng<, und es traf mich wie ein Blitz. Auf einmal existierte nur noch diese Frau für mich. Es war, als würde eine Tür eingetreten, die bisher verschlossen war.

Melanie, ein bildschöner Name. Er passte einfach zu ihr. Meine Buchveröffentlichung war unerwartet bedeutungslos und in weite Ferne gerückt. Diese junge Frau hatte mich total verwirrt.

Kapitel 1

Melanie betrat die Wohnung, und ich schloss die Tür hinter ihr. Sie ging an mir vorbei ins Wohnzimmer. Dann drehte sie sich zu mir um.

„Darf ich dir etwas zu trinken anbieten?", fragte ich und ging in die Küche. „Einen Tee vielleicht? Es ist November, draußen ist es nasskalt, und er würde uns einfach guttun."

Was tat ich hier? Was versprach ich mir hiervon? Diese Frau war mir fremd, und ich lud sie wahrhaftig zu mir in die Wohnung ein.

Nach einem „Ja, sehr gerne" stellte ich den Wasserkocher an. Ich wusste mir keine Antwort darauf zu geben. Ich war total eingestaubt was die Riten jemanden kennenzulernen angingen. Fühlte mich wie ein kleines Kind, das seine ersten Gehversuche startete. Ich wusste nicht mehr, wie man eine Frau ansprach, sie näher kennenlernte, einfach das gesamte Programm, das An-die-andere-näher-herantasten. Ich lächelte in mich hinein. *Aber hier habe ich mich doch richtig gut geschlagen.*

Ich war zu Melanie ins Wohnzimmer zurückgekehrt und stellte die beiden Tassen auf den modernen Couchtisch. Es dampfte und duftete verlockend.

Melanie hatte es sich währenddessen auf dem Sofa bequem gemacht. *Ich muss irgendetwas unternehmen. Mein Herz schlägt so schnell. Hoffentlich bleiben mir meine Worte nicht noch im Hals stecken. Die Zubereitung des Tees in der Küche hat mir nicht gerade dabei helfen können mich wieder zu normalisieren. Gott sei Dank lebt wenigstens der Wasserkocher noch. Ich sah ihn bereits auf dem Boden liegen.*

„Du hast eine sehr geschmackvoll eingerichtete Wohnung", sagte sie.

Was eine wunderschöne attraktive Frau. Die reinste Versuchung. Und abermals diese Lippen, nach denen ich mich sehnte. Ich wollte sie mit meinen berühren, sie küssen. Ich schluckte. Meine Lippen waren trocken.

So setzte ich mich gegenüber von ihr in meinen Ohrensessel und nahm eine Tasse.

„Wolltest du mich nicht küssen?", fragte sie unverblümt und stellte die Tasse auf den Tisch zurück. Ein sinnlicher Blick traf mich aus ihren Augen und löste heißes Verlangen aus.

Ich hob meine Augenbrauen und zuckte zusammen. Bevor der Tee über den Rand schwappen konnte, stellte ich das Behältnis Hals über Kopf auf die Tischplatte zurück.

Es knisterte förmlich vor Spannung zwischen uns.

Melanie erhob sich von dem Sofa, ging um den Tisch herum und stand nun direkt vor mir. Sie trug ein kurzes schwarzes Bustierkleid, das ihre schlanke Figur und langen Beine zur Geltung brachte. Und sah atemberaubend darin aus. Ihre blonden Haare fielen ihr auf die Schultern.

Schließlich reichte sie mir formvollendet ihre Hand und forderte mich auf aufzustehen.

Wir standen jetzt so dicht voreinander, dass sich unsere Körper berührten. Ihr herbsüßer Duft holte mich wieder ein. Ich sah, wie ihr Atem schneller ging und ihre Lippen sich öffneten. Meine Lust auf sie war nun endgültig geweckt.

„Du bist eine wunderschöne Frau", sagte ich unwiderleglich. Dass ich das überhaupt in diesem Zustand über meine Lippen brachte, ohne zu stottern, war fürwahr verwunderlich. „Aber ich denke, das weißt du sicherlich." Ich strich ihr eine Haarsträhne zurück.

Der Atem stockte ihr, als ich mit dem Zeigefinger über ihre Wange, am Hals hinab über ihr Dekolleté bis zu ihren Brüsten entlangfuhr.

„Oh wirklich?", flüsterte sie und legte ihren Kopf in den Nacken, um meinem Kuss zu begegnen.

„Ganz sicher", hauchte ich an ihren Lippen. „Ganz, ganz sicher." Es war der süßeste Kuss, den ich jemals geteilt hatte.

„Hilfst du mir bitte den Reißverschluss vom Kleid zu öffnen?" Sie drehte mir den Rücken zu, damit ich ihr helfen konnte das Kleid auszuziehen.

Nicht zu glauben. Ich begehre sie so sehr, dass selbst meine Hände zittern. Nun öffnete ich den Reißverschluss bis zu ihrer Taille. Ich schob sanft ihr Haar beiseite und küsste ihren Hals. Sie seufzte lustvoll.

Langsam drehte sie sich wieder um zu mir. Sie schob das Kleid ein Stück und ließ es über ihren Körper zu Boden gleiten. Jetzt stand sie fast völlig nackt vor mir, trug nur noch ihren roten Slip aus Spitze. Mein Gott, was für wunderschöne Brüste sie hatte. Ihre Figur war bewundernswert schlank und dennoch weiblich.

„Nun möchte ich dir gerne behilflich sein", hauchte sie.

Langsam knöpfte sie meine Bluse auf und zog sie mir aus.

Danach streifte sie mir die Träger des Büstenhalters über die Schultern hinunter und öffnete ihn.

„Wo ist dein Schlafzimmer?", fragte sie und drückte einen Kuss auf den Ansatz meiner Brüste. Ich schluckte schwer, hatte das Gefühl, als hätte ich einen riesigen Kloß im Hals. Keinen Ton brachte ich über meine Lippen, fühlte nur, wie mein Herz mir bis zum Hals schlug.

Mit dem Kopf wies ich nach hinten auf eine Tür, die nur angelehnt war.

Als ich am Morgen erwachte, lag Melanie in meinen Armen, nackt und schlafend. In dieser Nacht hatte sie mich regelrecht um meinen Verstand gebracht. In mir fühlte es sich an wie der Himmel auf Erden. Ich fühlte mich einfach eins mit ihr. Eine tiefe Verbundenheit, wie ich sie lange nicht mehr gespürt hatte. Ihre warmen, weichen Brüste auf meiner Haut zu spüren, ihr Atem, selbst die bloße Anwesenheit genügte, um meine Leidenschaft zu entfachen. Eine Leidenschaft, von der ich annahm, dass sie schon lange verloren gegangen sei.

Da waren auf einmal tiefe Gefühle in mir erwacht, die ich schon lange in die hinterste Schublade meiner Seele verschlossen hatte. Und den Schlüssel dazu, den hatte ich in einen tiefen See des Vergessens geworfen. In der Hoffnung, dass ich ihn niemals mehr finden oder brauchen würde.

Und jetzt war sie wieder da, die schmerzhafte Erinnerung an einen vergangenen Teil meines Lebens. Dieser Teil hatte sogar einen Namen: Milena. Ich hatte in ihr meine große Liebe gefunden – dachte ich jedenfalls. Diese Liebe war nicht von großer Dauer. Von einer Minute auf die andere machte sie einfach per SMS mit mir Schluss. Da seien keine Gefühle mehr, hatte sie geschrieben. Weiter nichts. Ich verstand die Welt nicht mehr. Ich versuchte sie mit dem Smartphone zu erreichen, aber sie drückte mich einfach weg. Ich fragte per SMS nach dem „Warum"? Ich wollte es einfach nur verstehen können.

Zwei Wochen später erfuhr ich dann von Nicole, dass sie längst eine andere kennengelernt hatte. Nicole war meine beste Freundin, und sie hatte mich bei einem Cappuccino behutsam darauf vorbereitet. Nachdem ich sie mit großen Augen anschaute, brach ich nur noch in Tränen aus. Was für eine schmerzliche Erfahrung.

Jahre waren seither vergangen. Ich wollte niemanden mehr in mein Leben lassen. Und so vergrub ich mich fortan in meiner Arbeit als Erfolgsautorin. Eine Erfolgsautorin, die Liebesromane verfasste. Was für eine Ironie. Natürlich sehnte ich mitunter nach etwas, ich war schließlich keine Maschine, die Emotionen komplett ausschalten konnte. Aber mich nochmals auf tiefe Gefühle einlassen, die mich doch eines Tages nur wieder verletzen würden? Nein. Das wollte ich nicht mehr zulassen.

Und nun? Von einer Minute auf die andere schien sich mein Leben schlagartig zu verändern. Ich hatte mein Herz an Melanie verloren. An eine Frau, die ich im Grunde genommen nicht kannte.

Mein Blick fiel auf Melanies Rücken. *Ein hübscher Rücken und ich würde ihn gerne streicheln.*

„Guten Morgen", flüsterte ich zärtlich in ihr Ohr, als sie erwachte.

Sie lächelte, drehte sich auf den Rücken und schaute mir direkt in die Augen.

Liebevoll strich ich ihr eine Haarsträhne aus dem Gesicht.

„Guten Morgen, Andrea." Ihre Augen strahlten mich an.

Ich beugte mich über sie und küsste sie zärtlich auf den Mund. Tiefe Wärme durchflutete dabei meinen Körper.

„Das war wunderschön", sagte ich zu ihr und wunderte mich, welche Worte noch meinen Mund verließen. „Ich glaube, ich habe mich in dich verliebt. Ich dachte nicht, dass es mich doch mal wieder erwischen würde mit Liebe auf den ersten Blick."

Sie schaute mich an und umarmte mich. Eine Träne verließ ihr Auge.

„Was ist mit dir?" Ich drückte sie fest an mich, als ich die Träne sah. Auf ihrem Gesicht lag ein Lächeln, ein Strahlen, das ihre ganze Freude widerspiegelte.

„Es ist alles in Ordnung", flüsterte sie gefühlvoll. Ein tiefer, leidenschaftlicher Kuss folgte. „Ich bin einfach nur glücklich. Denn mir geht es genauso wie dir."

Mir wurde innerlich ganz heiß. Ihre Worte waren so herzlich und ehrlich. „Es ist im Grunde nicht meine Art das Pferd von hinten aufzuzäumen", gab ich zu. Ich versuchte meine Gefühle und Gedanken in Worte zu fassen. „Was meine Emotionen angehen, vor allem aber die Intimitäten, so bin ich eher sehr altmodisch. Ich hätte niemals gedacht…" Bevor ich weitersprechen konnte, legte sie ihre Finger auf meine Lippen.

„Sag bitte nichts. Das weiß ich doch. Du spiegelst deine Geschichten wider. Ich glaube, dass jede Autorin sich ein Stück selbst mit einbringt."

Melanie begann meinen Körper liebevoll mit ihren Händen zu erkunden.

Diesmal wurde mir nacheinander heiß und kalt. Wie zärtlich und einfühlsam sie war.

Ich wünschte mir, dass es niemals endete.

Wir verbrachten den ganzen Tag im Bett und liebten uns.

Immerhin war Sonntag, keine von uns hatte irgendwelche Verpflichtungen, und draußen herrschte vom Wetter her fast Weltuntergangsstimmung.

Der Tag gehörte einfach nur uns.

„Ich habe mich auch Hals über Kopf in dich verliebt", hauchte sie mir ans Ohr. Sie wühlte mit ihren Fingern durch meine schulterlangen Haare und atmete tief.

Wow! Die Antwort auf meine Liebeserklärung vorhin. Sie ist so unendlich süß.

In meinen Romanen fielen Liebeserklärungen und Liebesbeweise immer ein wenig anders aus. Nun ja, wie ich mich schon selbst beschrieb, halt altmodischer. Ich wollte damit aber nicht sagen, dass dies zwischen uns hier keine Liebeserklärung war. Sie war ebenso romantisch wie wunderschön.

Aber die üblichen aus meinen Büchern verfügten immerzu über lange Vorgeschichten - sie landeten nicht gleich wie wir im Bett.

Wenn uns ein Hungergefühl überkam, verließen wir das Bett, um uns gemeinsam etwas zu kochen.

Und zwischendurch, wenn wir nicht gerade erschöpft und fest umschlungen in einen tiefen und erholsamen Schlaf fielen, erzählten jede der anderen einiges über sich selbst und ihr bisheriges Leben.

Im Hintergrund liefen über das Internetradio die hingebungsvollsten Love Songs, die unsere Lust noch untermalten.

Als ich abends nur mit Slip bekleidet meine Emails abrief, befand sich darin eine Nachricht meines Verlegers Patrick Burgsmüller:

„Hallo Andrea, kommst du gut voran mit dem Manuskript? Vergiss bitte nicht, dass der Abgabetermin am 30. November ist. Wir würden dein Werk gerne noch vor Weihnachten publizieren. Hoffe ansonsten, dass es dir gut geht. Es grüßt dich in froher Erwartung auf ein weiteres Erfolgswerk, Patrick."

Einen Blick hoch auf den Kalender vor mir an der Wand ließ mich aufschrecken.

Ach du grüne Neune! Das sind ja nur noch knapp drei Wochen. Und mir fehlen sage und schreibe gute hundert Seiten.

Melanie war hinter mich getreten. Eine Hand glitt sanft an meinem Hals herab. Anschließend beugte sie sich zu mir und küsste mich zart auf die Wange. „Alles in Ordnung? Hoffentlich keine schlechten Nachrichten?"

„Nur mein Verleger", sagte ich leise. *War das gerade ihre Zungenspitze an meinem Hals?* Ich schluckte nervös.

„Aha", murmelte Melanie an meinem Hals. „Dann selbstverständlich gute Nachrichten." Ihre Hand glitt weiter hinab und zeichnete die Form meines Busens nach.

Ich versuchte vergebens meine Gedanken zusammenzuhalten.

Sie kostete meine Haut, als sei sie aus süßester Sahne.

Ich lehnte mich in meinen Bürostuhl zurück.

„Melanie", stöhnte ich leise. „Was machst du mit mir? Du bringst mich um meinen Verstand."

„Nun, das will ich auch hoffen", griente sie und knabberte an meinem Ohr.

Ich begab mich in ihre Hände, wusste ja was eigentlich mir blühte. Und das nahm ich gerne dankbar an. Melanie hatte den Schlüssel im See des Vergessens gefunden und meine Seele zur Freiheit verholfen. Was das Manuskript betraf, es brachte mir nichts, mich heute noch deshalb verrückt zu machen. Ich würde es eh nicht fertigbekommen. Also wollte ich die folgenden Stunden einfach nur genießen. Und bei diesem Wetter, Dauerregen und nasskalt, was lag da näher, als im Bett zu bleiben und sich zu lieben?

Ich hatte schließlich noch viel nachzuholen…

Kapitel 2

Der schrille Piepton riss mich aus dem Schlaf. *Gottverfluchter Wecker! Ich weiß, dass ich was Schönes geträumt habe – es ist noch in meinem Kopf greifbar.*

Im Dämmerzustand tastete ich mich zum Beistelltisch hinüber, um die Schlummertaste des Analogweckers zu finden.

Nach einem lauten Knall auf den Boden wusste ich, dass ich zwar die Taste nicht gefunden hatte, aber immerhin den Wecker.

Dann – ein Klingelton. Kein Wecker mehr, dafür ein Anruf.

Einige Zeit lag ich, nachdem ich mein Gesicht in das Kissen gedrückt hatte, reglos da und versuchte den Ton zu ignorieren.

„Och nee", stöhnte ich, meine Stimme durch das Kissen gedämpft.

Das Smartphone klingelte schon wieder.

Nach den wenigen Minuten des Zuhörens, die sich für mich wie eine Ewigkeit anfühlten, hob ich langsam den Kopf und öffnete widerwillig die Augen.

Das Smartphone lag direkt neben mir auf dem von der vergangenen Nacht zerwühlten Bettlaken.

Ich ließ meinen Kopf zurück ins Kissen fallen.

Das Smartphone klingelte hartnäckig weiter.

Ich blickte auf das Display und stellte fest, dass es Nicole war.

Genervt ging ich ran. „Ja…?"

„Andrea?", hörte ich Nicoles Stimme. „Denkst du noch an unsere Verabredung um Zehn in Wetzlar? Wir wollten frühstücken und anschließend shoppen gehen."

Es folgte eine Pause. Sie schien auf etwas von mir zu warten.

„Hallo? Bist du noch da?"

„Ja", murmelte ich. „Wie spät ist es?"

„Acht Uhr."

„Und wir haben Montag?", fragte ich und unterdrückte ein Gähnen.

„Ganz sicher Montag? Du irrst dich auch nicht?"

„Nein, ich irre mich nicht. Wir haben ganz sicher Montag. Sag jetzt nicht, dass du etwa noch im Bett liegst?"

„Doch, das tue ich", sagte ich mit leiser, belegter Stimme.

„Hast du so lange am Buch gearbeitet?", hörte ich Nicole fragen.

„Nein", sagte ich.

„Du bist so wortkarg heute?"

Binnen weniger Minuten, nachdem wir das Gespräch beendet hatten, sprang ich aus dem Bett und eilte hinüber ins Badezimmer.

Noch während ich mir die Zähne putzte, schaute ich in den Spiegel.

Wie ich aussah, dachte ich und erschrak ein wenig über mich selbst.

Meine Haare standen wild nach allen Seiten ab, und ich hatte dunkle Ringe unter meinen Augen.

Wenn mich so Nicole zu Gesicht bekam!

Ich versuchte also meine Haare und mein Gesicht einigermaßen herzurichten.

Und während ich dies tat, dachte ich an Melanie. Sie war in meinen Gedanken allgegenwärtig.

Über mein Gesicht huschte dabei ein verschmitztes Lächeln. Ein vieldeutiges, verliebtes Lächeln.

Melanie hatte die Wohnung sehr früh verlassen.

Als ich sie zur Wohnungstür begleitete, blickte sie traurig in mein Gesicht. „Ich muss nach Hause und mich umziehen."

Sie blickte an sich herunter, trug sie immer noch ihr Bustierkleid.

„Meine Kollegen in der IT-Abteilung werden mich schief anschauen, wenn ich in dieser Aufmachung dort auftauche."

„Oder es wird ihnen gerade auffallen, wie sexy du bist", sagte ich offen. „Und ich hätte hinterher meine Probleme damit, deine unzähligen Verehrerinnen, dies schlagartig Schlange ständen, auszustechen."

„Darüber brauchst du dir keine Gedanken zu machen. Ich bin richtig verliebt." Melanie küsste mich zärtlich auf den Mund. „Bis heute Abend. Ich freue mich auf dich."

Derweil sie ging, gab ich ihr noch einen sanften Klaps auf den Po. „Ich werde uns einen Tisch in der Pizzeria beim Tennisclub bestellen."

Ich schloss die Tür und lehnte mich mit dem Rücken gegen sie. Es war wie verhext. Eine achtundzwanzigjährige attraktive Frau, die mit beiden Beinen fest im Leben stand und das ganze Leben noch vor sich hatte, wollte gerade mich.

Und es handelte sich nicht nur um eine Affäre. Diese Gefühle zwischen uns waren tiefer.

Als ich in Wetzlar das Parkhaus des Einkaufszentrums erreicht hatte, wählte ich an der Einfahrt die Sofortzahlfunktion, und nachdem ich das Tagesticket gezogen hatte, ging die Schranke hoch.
Das Parkhaus war fast komplett belegt.
Ich hatte jedoch beim Reinfahren direkt neben der Ausfahrt einen leeren Stellplatz entdeckt.
Dort parkte ich mit meinem SUV rückwärts ein und stieg aus.
Wenige Minuten später erreichte ich das Café im Shopping-Center, in dem sich Nicole mit mir verabredet hatte.
„Bist ja doch noch pünktlich", lachte Nicole. „Gut siehst du aus. Wie immer."
Nach einem Küsschen zur Begrüßung auf die Wange setzte ich mich zu ihr an den Tisch. Ich bestellte mir einen Cappuccino.
„Wie, du hast dich verliebt?" Sie schaute mich mit großen Augen an. „Wer ist sie? Wo hast du sie kennengelernt?"
Ich kannte Nicole, die zehn Jahre jünger war als ich, seit über zehn Jahren und zählte sie zu meinen besten Freunden. Mit ihr konnte ich über alles sprechen. Wir gaben uns Einblicke in unsere intimsten Geheimnisse und sprachen ohne Tabus darüber.
Und als die Geschichte mit Milena war, zögerte sie nicht und stand mir in dieser sehr schwierigen Zeit zur Seite.
Ich hätte ihr also nichts vormachen können, was mich betraf. Irgendwann hätte sie es herausbekommen. Dafür kannte sie mich viel zu gut.
Nicole trank einen Schluck.
Ihr blieb der Mund offenstehen, nachdem ich ihr alles erzählt hatte.
Das einzige, was über ihre Lippen kam, war: „Wow." Und sie starrte mich eine Zeitlang nur entgeistert an.
„Mehr hast du nicht zu sagen? Nur dieses ‚Wow'?"
Die Bedienung brachte das Frühstück, bestehend aus verschiedenen Käse- und Wurstsorten, einem Ei, Honig, Marmeladen, Quark, Gurke und Tomate. Als Dekoration schmückte ein Salatblatt nebst anderem den großzügig belegten Teller.
Alles war frisch. Dazu in einem separaten Körbchen Croissants, Brot und Vollkornbrötchen.
„Ich bin überrascht", begann Nicole. Beinahe ein halbes Brötchen steckte in ihrem Mund. „Das ging jetzt aber verdammt schnell. Hat-

test du nicht irgendwann mal erwähnt, du wolltest vorerst keine
Beziehung mehr?"

„Mit mehr als fünfzig Gramm im Mund wird es undeutlich", grinste
ich. „Könntest du das bitte noch mal wiederholen?"

„Oh, tut mir leid", sagte sie. „Ich hatte Hunger. Bin immerhin seit
fünf Uhr auf den Beinen. Musste erst eine Runde mit Benny gehen.
Der alte Labrador kann auch nicht mehr so lange einhalten. Danach
die Kinder wecken und später zur Schule fahren. Du kennst meinen
Tagesrhythmus ja. Und bis ich Peter von den Füßen habe, das dauert
auch seine Zeit. Außer Kaffee aus dem Vollautomaten schaffe ich
frühmorgens nichts."

„Es kam absolut unerwartet", setzte ich an. „Sie saß in der Vorlesung
in der hintersten Reihe. Und sie brachte mich vollends durcheinander. So ist es dann passiert. Es hat einfach >Peng< gemacht."

Für kurze Zeit folgte eine Pause, in der wir uns ausschließlich dem
Verzehr des Frühstücks widmeten.

Während wir zahlten, warf mir Nicole einen Blick zu. Ein Lächeln
lag auf ihrem Gesicht. „Weißt du, dass ich richtig froh bin, dass du
endlich wieder am Leben teilnimmst? Du hast dich nur noch hinter
deinen Büchern versteckt."

Sie machte eine kurze Pause. Dann ergänzte sie: „Ich kenne diese
Melanie noch nicht. Aber sie scheint dir jetzt schon richtig gut zu
tun."

Ich spürte, wie ich an Farbe gewann. War es so aufgefallen, als ich
von ihr gesprochen hatte?

Wir begannen mit der ersten Boutique im Obergeschoss des Shop-
ping-Centers. Im Schaufenster waren dezente Kleidungsstücke aus-
gestellt, passend zu dieser schmuddeligen Jahreszeit. Aus den Laut-
sprechern drang blechern „Jingle Bells Rock". Zudem Weihnachts-
deko wohin das Auge blickte.

„Wie findest du die Hose und die Bluse?", wollte Nicole wissen, als
sie aus der Umkleidekabine kam. Über ihrem rechten Arm hing
locker ein farblich darauf abgestimmter schicker Blouson.

Mir wurde ganz warm ums Herz, als ich an Melanie dachte. Die
Pullover auf der Auslage neben der Kabine sowie die Hosen, die an

einem Ständer hingen, interessierten mich, obwohl ich sie in die Hand nahm und kurz betrachtete, nur recht wenig.

„Was?" Ich blickte erschrocken auf und schaute zu Nicole.

„Wo bist du nur mit deinen Gedanken?", schmunzelte sie. „Du siehst mich zwar an und doch schaust du durch mich hindurch, als ob ich unsichtbar bin. Dich scheint es ja heftig erwischt zu haben."

Kapitel 3

Es war seit langem wieder das erste Jahr, das es so heftig zu schneien anfing. Der November war eher bekannt für sein typisches Schmuddelwetter.

Man konnte vor Verwehungen kaum die Hand vor Augen sehen, und die Scheibenwischer wurden diesen einfach nicht Herr.

Unglaublich. Es ist wirklich unglaublich. Was tut der da?

Zuerst sah ich ihn im Rückspiegel, wie er sich mir in hoher Geschwindigkeit näherte.

Als Nächstes zog er links an mir vorbei.

Am Steuer seines teuren Sportwagens riskierte der Fahrer nicht nur seine Sicherheit, sondern auch meine.

Hinter einem dunkelroten Transporter, der sich den Witterungsverhältnissen angepasst hatte, musste er voll in die Eisen gehen. Um Haaresbreite wäre er ihm aufgefahren.

Rücksichtsloser Fahrer. Dir sollte der Lappen entzogen werden.

Ich war froh die rechte Spur auf der Bundesstraße zu befahren. So dauerte die Fahrt von Wetzlar zurück nach Marburg zwar eine knappe halbe Stunde länger als angenommen, aber ich wollte möglichst sicher zu Hause ankommen.

Und ich wollte Melanie wiedersehen.

Sie war ständiger Begleiter in meinen Gedanken, gar in meinem Herzen.

Nicole musste bereits zu Hause sein. Ihr Einfamilienhaus, das sie zusammen mit ihrem Mann Peter, dem alten Labrador Ben sowie ihren beiden Kindern Jona und Kristin bewohnte, lag etwas außerhalb von Gießen.

Ich beneidete sie sogar fast. Sah ich sie gerade die Haustüre hinter sich schließen.

Ein warmes Haus erwartete sie mit seinen Bewohnern, die sie freudestrahlend begrüßten, nachdem sie ihre gefüllten Taschen auf der Anrichte im Flur abgestellt hatte.

Auf mich wartete stattdessen eine ausgekühlte Wohnung, die mich anklagend und mit lautem Schrei nach Ordnung in Empfang nehmen würde.

Als ich gegen sechs Uhr zu Hause ankam und den SUV auf dem Parkplatz vor dem Zweifamilienhaus abgestellt hatte, ging ich heiß duschen und genoss das Nass auf meiner Haut.

Für einen Moment schloss ich die Augen und ließ das Wasser über mein Gesicht prasseln.

Länger als gewollt blieb ich unter der Dusche und beobachtete, wie die Tropfen sich zu einem Schwall vereinten, um letztendlich wieder als Ganzes zu verschwinden.

Nach der Dusche fing ich an mein Haar mit dem Handtuch abzutupfen. Ich beugte mich dabei nach vorn und mein langes Haar fiel leicht zur Seite.

Schließlich trocknete ich mich ab und wickelte das große Badehandtuch um meinen Oberkörper.

Ich ging hinüber ins Schlafzimmer.

Dort öffnete ich den Kleiderschrank und überlegte, was ich heute anziehen könnte. Vielleicht sollte ich auch mal in ein Kleid schlüpfen.

An dem Abend, als ich Melanie kennenlernte, trug ich einen Hosenanzug.

Und jetzt wollte ich ihr zeigen, dass ich auch weibliche Kleidung mein Eigen nennen konnte.

In dreißig Minuten muss ich mich auf den Weg machen. Aber Zeit zum Make-up auflegen nehme ich mir noch. Schließlich möchte ich ihr gefallen.

Ich vervollständigte, nachdem ich meine brünetten Haare getrocknet und lässig hochgesteckt hatte, mein Make-Up mit einer Spur Rouge und legte Lippenstift auf. Einen prüfenden Blick in den Spiegel, und abschließend griff ich noch nach dem Parfumflakon. Dann drehte ich mich vor meinem Spiegelschrank in meinem Lieblingskleid: ein blaues, knielanges Kleid mit Spitze in figurum-spielender Form.

Hoffentlich überlebe ich den Weg zur Pizzeria in meinen Pumps.

Vor einer guten Stunde war noch alles weiß draußen.

Auch wenn der Schnee noch nicht liegen blieb, waren sicher manche Stellen dorthin recht rutschig.

Meinen Roman am Notebook im Uniklinikum beenden zu müssen, wenn einer meiner Füße gebrochen wäre und ich mit Gips das Bett hüten müsste, war keine prickelnde Vorstellung.

Und das alles um Melanie zu gefallen.

Ungeachtet dieser ernsthaften Gedanken belächelte ich mich selbst.

Wie ich das Lokal unbeschadet erreichen konnte, ohne mir den Hals dabei zu brechen, war mir selbst ein Rätsel.

Der Weg vom Parkplatz zum Restaurant war in der Tat rutschig, und ich nahm mehrfach den Anlauf in meinen Schuhen einige Pirouetten hinzulegen.

Hoffe, dass ich mich nicht auf YouTube wiederfinde...

Ich atmete erleichtert auf, als ich die gestreute Fläche vor dem Eingang erreichte und ich wieder „festen Boden" unter meinen Füßen spürte.

„Könntest du das bitte noch einmal wiederholen?", hörte ich Melanie fragen, die etwas abseitsstand und leise in sich hinein kicherte.

Ich fuhr erschrocken zusammen und schaute ihr direkt ins Gesicht.

Sie stand da, hielt sich die Hand vor ihren Mund und lächelte verschmitzt. Süß sah sie aus, so verdammt süß - und zum Anbeißen schön.

„Hast du die ganze Zeit über dort gestanden und mich beobachtet?", fragte ich sie mit heraufgezogenen Augenbrauen.

Ich tat so, als sei nichts gewesen, aber ein Grinsen konnte ich mir auch nicht verkneifen.

Du süßes Aas. Stehst du die ganze Zeit über da und vergnügst dich.

Melanie musste mir zugeschaut haben, wie ich hier zum Eingang „gerudert" war.

Ich richtete meinen Mantel, trat an sie heran und küsste sie zur Begrüßung zärtlich auf den Mund. Unsere Blicke trafen sich nach dem Kuss erneut und Funken sprühten zu allen Seiten.

Die Bedienung, eine sehr freundliche junge Dame, brachte uns zu unserem vorbestellten Tisch.

Beim Anblick auf ihr Etuikleid, das unter ihrem Mantel zum Vorschein kam, stockte mir fast der Atem. Das Kleid war komplett in schwarz gehalten und sah sehr apart aus.

Ich konnte meinen Blick nicht von ihr abwenden, so hinreißend sah sie aus.

Nachdem wir uns gesetzt hatten, brachte uns dieselbe Bedienung die Speisekarte mit einer Extrakarte und fragte auch gleich nach den Getränkewünschen.

Auf die Frage hin, was wir gerne trinken wollten, konnte ich mich nicht richtig konzentrieren, denn ich musste sie immer wieder anschauen.

Ich versuchte meine Verschämtheit zu überspielen, indem ich zittrig in der Getränkekarte blätterte.

Der Bedienung war nicht entgangen was da zwischen uns ablief und musste leicht grinsen, während sie kurz darauf meine leicht stammelnde Bestellung aufnahm.

Melanie stützte ihre Ellenbogen auf den Tisch auf und legte den Kopf in die Hände. Dann warf sie mir einen vielversprechenden Blick zu.

Das Essen, was man uns servierte, war ausgezeichnet, aber es war nur reine Nebensache. Wir hatten ausschließlich Augen für uns, und es knisterte unaufhörlich.

„Auf uns und eine wundervolle Zukunft", prostete mir Melanie zu.

„Ja, auf uns", wiederholte ich und nippte an meinem Glas Wein.

Wir sahen einander tief in die Augen.

Die leise Musik, die über die Lautsprecher in den Raum drang, der Duft nach Kerzen und das gedämpfte Licht in dem Lokal verliehen dem Abend einen ganz besonderen Reiz.

Melanie griff über den Tisch andächtig nach meiner Hand und umschloss sie.

Ein sternenklarer Himmel lag über uns, als wir das Lokal verließen.

Die Temperaturen schienen mittlerweile so weit gesunken zu sein, dass die folgende Nacht Bodenfrost mit sich bringen würde. Außerdem schillerte es vor uns auf dem Asphalt gefährlich. Der Winter hielt langsam Einzug.

Ich hatte meinen SUV direkt neben Melanies Wagen geparkt.

„Fahren wir noch zu mir?" Melanie schaute mich lächelnd an.

Ich öffnete meine Lippen, wollte etwas sagen. Aber sie vermied eine Antwort von mir geschickt, indem sie ihren Zeigefinger auf sie legte.

Alsdann küsste sie mich zärtlich auf den Mund. „Keine Widerrede."

„Hallo Andrea", hörte ich mit einem Male eine Frauenstimme links von uns sagen, während ich ihren Kuss erwiderte.

Ich kannte diese Stimme. Und sie hatte einen bitteren Beigeschmack in meinem Leben hinterlassen.

Als ich meinen Kopf dorthin drehte, von wo die Stimme an mein Ohr gedrungen war, sah ich sie dort vor einem Wagen stehen.

Nach kurzem Aufblinken der Scheinwerfer setzte sie sich in Bewegung und kam mit langsamen Schritten direkt auf uns zu.

„Welch Überraschung dich hier anzutreffen", sagte sie, als sie nun direkt vor uns stand.

Ich kannte dieses Lächeln nur zu gut. Sie legte es früher immer auf, wenn sie etwas wollte. Heute jedoch war ich dagegen immun.

Diesen Abgang, den sie sich mir seinerzeit gegenüber geleistet hatte, war die absolute Krönung. Bis heute war sie mir allerdings die Antwort auf die Frage nach dem Warum noch schuldig. Doch im Grunde genommen wollte ich sie nicht mehr darauf haben.

An meiner Seite stand Melanie, eine bezaubernde junge Frau, die ich anfing über alles zu lieben. Es war Wahnsinn, wie schnell so etwas gehen konnte.

„Ist das deine Freundin?" Milena warf einen prüfenden, jedoch fast abfälligen Blick auf Melanie. „Sinn für Schönheit hattest du ja schon immer. Aber so jung?"

„Deine Art ist unablässig charmant", gab ich scharfzüngig zurück. „So kenne ich dich. Aber ich denke nicht, dass wir uns noch weiteres zu sagen hätten, Milena."

Derweil ich den Wagen aufschloss, stieg unbeabsichtigt Wut in mir auf.

Melanie schien dies bemerkt zu haben und griff nach meiner Hand, um mich wieder zu beruhigen. Sie fühlte meine Gefühlslage, die ich gerade durchmachte.

Mein Herz raste und um meine Mundwinkel zuckte es.

Mir noch zu guter Letzt zu sagen, wie sehr sie sich darüber gefreut habe mich hier anzutreffen, und ob ich mir vorstellen könne sie mal auf einen Kaffee zu treffen, schlug dem Fass dann endgültig den Boden aus.

Als ich mich zu Melanie in den Wagen setzte und in ihre Augen sah, sah ich diese tiefe Liebe, die sie für mich empfand.

„Es tut mir so leid", sagte ich beinahe tonlos. Ich fühlte mich wie ein Häufchen Elend und hätte am liebsten losgeheult.

„Was tut dir leid?" Sie nahm ein Taschentuch und tupfte mir die Tränen aus dem Gesicht. „Dass ich mit Milena konfrontiert wurde?" Ein liebendes Lächeln lag auf ihrem Gesicht. „Ich bin froh, dass ich sie mal kennenlernen durfte. Jetzt weiß ich, was für eine Frau sie ist. Sie hatte dich niemals verdient."

(c) 04/2017 Judith Hohmann

Mit ihrer Hand strich sie mir noch einmal über mein Gesicht.
Dann beugte sie sich zu mir hinüber und küsste mich tief zugeneigt auf meine Lippen. „Ich liebe dich."
Diese drei Worte waren wie Balsam für meine Seele. Und ja, ich liebte sie auch...

Kapitel 4

In dieser Nacht schlief ich nicht gut. Ich wälzte mich und träumte von Milena, obwohl ich dachte damit abgeschlossen zu haben.

Mehrfach wachte ich schweißgebadet von diesen Albträumen auf.

Verdammt! Ich musste versuchen zu schlafen. Melanie hatte ihren Schlaf bitter nötig, sie musste früh aufstehen und zur Arbeit.

Als ich erneut schrie und nach oben schoss, saß sie längst wortlos neben mir, nahm mich in die Arme und drückte mich fest an sich.

Ich hob mein tränenverschmiertes Gesicht und blickte in ihre mitfühlenden Augen.

Schweigend strich sie mir sanft das Haar aus meinem verweinten Gesicht und küsste meine Tränen weg.

Wir sanken zurück ins weiche Bett.

Unsere Lippen fanden sich, und ich fing an ihren Körper mit meinen Händen überall sanft und zärtlich zu streicheln.

Und Melanie erwiderte meine Zärtlichkeit, verbunden mit innigen Küssen.

Als ich am Morgen die Augen öffnete, war der Platz neben mir leer.

Der Blick auf den Wecker verriet acht Uhr.

Ich räkelte mich noch einmal wohlig.

Danach drückte ich mein Gesicht in das Kissen, in dem sie in der Nacht mit ihrem Kopf gelegen hatte. Ihr Duft war noch darin.

Auf dem Nachttisch sah ich einen Zettel. Ich streckte mich aus, griff danach und faltete ihn auseinander.

Beim Lesen wurde mein Herz erfüllt von Wärme: „*Meine Liebste, in der Küche habe ich dir ein Frühstück zubereitet. Wie du den Kaffeevollautomaten benutzt, das weißt du ja... Denk mit Liebe an mich, wenn du dort am Tisch sitzt. Ich wäre so unendlich gern' bei dir. Aber leider ruft die Arbeit. Wenn du heute Abend noch nichts Weiteres geplant hast, würde ich dich gerne sehen. Ich sehne mich jetzt schon nach dir, obwohl ich das Haus noch nicht verlassen habe und du nebenan liegst. Als ich eben noch einmal kurz in der Tür stand und dich so süß dort liegen sah, wusste ich, dass ich meine Liebe in dir gefunden habe. Ich würde gerne mit dir mein Leben verbringen. In Liebe, deine Melanie. "*

Die folgenden Stunden verbrachte ich damit, an meinem Buch weiter zu arbeiten.

Ich saß in eine warme Decke eingekuschelt auf dem Sofa und hatte es mir bequem gemacht. Vor mir auf dem Tisch duftete eine frisch zubereitete Tasse Tee nach Apfel und Zimt. Eine Kerze sorgte zudem für eine romantische Stimmung.

Inzwischen waren einige Stunden vergangen, die ich über meinem Notebook verbracht hatte.

Draußen war es dunkel.

Durch die Straßenbeleuchtung, die schon lange eingeschaltet war, sah ich Schneeflocken zu Boden gehen.

Mit den Gedanken bei Melanie, von der ich gegen Mittag bereits eine E-Mail bekommen hatte, in der sie schrieb, dass sie gegen Sieben bei mir sein wolle, stand ich nun am Fenster und blickte nach draußen.

In meiner rechten Hand hielt ich eine weitere Tasse mit frisch zubereitetem Tee. Ich nippte daran und nahm einen Schluck.

Der gesamte Boden vorm Haus war mit einer leichten Schneeschicht bedeckt.

Die Flocken fingen nun an fortdauernd dichter zu fallen und legten sich eilig und unauffällig auf die weiße bereits daliegende Decke nieder.

Mich fröstelte, und ich stellte die Tasse auf der Fensterbank ab.

Danach zog ich den Kragen meines Rollkragenpullis bis über das Kinn und verschränkte die Arme vor der Brust.

Ein Blick auf die Uhr neben mir auf die Anrichte zeigte sechs Uhr.

Ich musste mich beeilen, denn meine Liebste würde bald kommen. Und ich hatte nur wenig vorbereitet.

Wo war nur die Zeit hin?

Andererseits, so dachte ich und ein leichtes Lächeln huschte mir dabei über die Lippen, war ich ein ganzes Stück weiter gekommen mit meinem Manuskript.

Es läutete an der Tür. Ich hielt unwillkürlich den Atem an und drehte den Kopf zur Seite. Mein Blick auf die Wanduhr zeigte halb Sieben, eindeutig zu früh für meine Liebste. Denn ich war noch lange nicht mit dem Kochen fertig.

„Ich komme ja schon", murrte ich leise vor mich hin, als es abermals klingelte.

So legte ich die Kochlappen beiseite und ging zur Tür.

Als ich die Haustür nun ganz öffnete und ich in das Gesicht von Milena schaute, wurde ich aschfahl.

Mit ihr hatte ich nun überhaupt nicht gerechnet.

Dass sie die Unverfrorenheit besaß hier aufzutauchen, schlug dem Fass einfach den Boden aus.

Ich versuchte mich zu fangen, was mir jedoch misslang. Schon lange hatte ich eigentlich keinen Gedanken mehr daran verschwendet, dass es mich tatsächlich nochmal so mitnehmen würde.

„Was willst du hier?", fragte ich sie kalt.

Ehe ich eine Antwort von ihr bekam, war Milena direkt vor mich getreten und begrüßte mich, als läge keine Trennung zwischen uns.

„Hallo Süße." Sie wollte mir einen Kuss geben, doch ich drehte mein Gesicht weg.

„Meinst du nicht, dass das ein bisschen zu weit geht?", fragte ich zornig geworden. „Du hast deine Sachen bereits vor langer Zeit bei mir abgeholt. Es gibt also nichts, dass dich dazu veranlasst, hier noch einmal aufzutauchen. Du hattest damals alles gesagt."

Ich machte eine kurze Pause, und ich spürte wie ich innerlich wie Wut in mir aufstieg. „Nein, eigentlich hattest du gar nichts gesagt. Du hast dich sang- und klanglos aus meinem Leben mit einer anderen Frau verabschiedet."

„Oh." Meine Worte schienen Milena aus dem Konzept zu bringen.

Als sie plötzlich Melanie sah, wie diese die letzten Stufen genommen hatte und in der Tür stand, in den Händen ein Strauß dunkelroter Rosen, fühlte sie sich scheinbar ausgebootet.

Der Blick zwischen ihr und Melanie ging hin und her. Aus Milenas Augen glomm förmlich die Eifersucht.

Ich ließ Milena nicht im Unklaren darüber, was Melanie für mich bedeutete und bat sie mit einem zärtlichen Kuss auf den Mund herein.

„Ich glaube du möchtest wieder gehen", sagte ich bestimmend, nachdem ich mich wieder gefasst hatte und wies mit dem Kopf zur Wohnungstür.

Milena sah mich an und sagte leise: „Deine Freundin ist ja schon begehrenswert, aber eindeutig zu jung für dich. Das wird und kann nicht gut gehen. Denke nach wie alt du bist."

Ich zog scharf die Luft ein. „Verschwinde endlich!", zischte ich. Am liebsten hätte ich ihr für ihre Unverfrorenheit eine heruntergehauen. „Und lass dich hier niemals mehr blicken."

„Oho", Milena zog die Augenbrauen hoch und grinste breit, ehe sie die Wohnung verließ. „Habe wohl recht damit und ins Schwarze getroffen?"

Ich hatte keinen Nerv ein weiteres Wortgefecht mit dieser Frau zu führen, die schon seit Ewigkeiten nicht mehr zu meinem Leben gehörte. Zudem hatte ich mich auf den Abend mit Melanie gefreut.

Und so war ich letztendlich froh, dass ich die Wohnungstür hinter ihr schließen konnte.

In den folgenden Tagen erholte ich mich notdürftig von der Auseinandersetzung mit Milena vor meiner Wohnungstür und kam sogar ein ganzes Stück voran mit meinem Buch, auf dessen Zusendung mein Verleger sehnlichst wartete.

Die Temperaturen waren weiter merklich gesunken.

Über Nacht hatte sich über die Stadt und die Region ein weißes Schneekleid gelegt. Ein echter Zauber lag über der Marburger Innenstadt mit ihrer historischen Altstadt.

Eine große Tanne auf der gegenüberliegenden Straßenseite ächzte unter der Last der Schneemassen, die auf ihr niedergegangen waren.

Nicole hatte heute ihren freien Tag.

Ich hatte mich mit ihr zu einem Saunabesuch verabredet, und ich bemerkte nach Verlassen des Umkleidebereiches, dass heute dort kein reges Treiben herrschte.

Meistens ging ich nur in die Damensauna, außer es war nicht so viel los wie heute, dann wagte ich auch „gemischt".

Es war für mich schwierig, oftmals diese gierigen Männerblicke ertragen zu müssen, worüber sich Nicole stets amüsierte.

Ich betrat zuerst mit Nicole gemeinsam die Eukalyptussauna.

Dort saß nur ein älterer Mann und grüßte uns recht freundlich.

Nach ein paar Minuten waren wir überall feuchtwarm und es tropfte von unseren Körpern.

Der ältere, weißhaarige Herr ging nach draußen und ein junger hochgewachsener Mann betrat die Sauna. Er war höchstens Anfang Dreißig und grüßte mich und Nicole schon fast schüchtern.

Nach ein paar Minuten wagte er sich dann zaghaft uns beide anzusprechen: „Welche Sauna könnt Ihr mir als nächstes empfehlen?"

Ich musterte ihn vorsichtig und musste feststellen, dass er ein äußerst attraktives, aber auch gut bestücktes Kerlchen war. Sicher eins fünfundachtzig, athletisch und mit glattem, leicht kantigem Gesicht sowie einem Dreitagebart.

Ich musste innerlich lächeln. Würde ich mich für Männer interessieren, würde er sicher in mein Beuteschema passen.

„Bist du zum ersten Mal hier?", fragte ich interessiert.

Ich bemerkte, wie Nicole mich von der Seite her mit großen Augen ansah.

„Ich gehe meist hiernach in den Whirlpool. Und dann gehe ich mal ins Becken und schwimme. Dort lasse ich mich zusätzlich von den Düsen massieren. Und wenn ich mal eine halbe Stunde auf der Liege bin, benötige ich meine Ruhe." Ich machte eine kurze Pause. „Du kennst jetzt fast mein gesamtes Programm hier. Und wenn du willst, kannst du dich gerne anschließen."

Amüsiert schaute er zu mir hinüber. Er hatte braune Augen und braune kurze Haare.

„Abgemacht. Ich bin dabei."

Nicole stieß mir mit dem Ellenbogen in die Rippen. „Was machst du hier? Ich denke du stehst auf Frauen?", murrte sie.

Nachdem ich die Eukalyptussauna verließ und kurz geduscht hatte, stieg ich in den Whirlpool, der für vier Personen Platz bot.

Der junge Mann, der sich als Francesco vorstellte, folgte mir.

Wir setzten uns gegenüber in die sprudelnde Wanne und warfen uns einen kurzen Blick zu. Nach kurzer Zeit fingen wir uns nach tiefgründigen Gesprächsthemen an zu necken.

Während Nicole dieses bereits als Flirten bezeichnete, was ich hier mit Francesco betrieb, dachte ich unwillkürlich an Melanie und wünschte mir nichts sehnlicher als ihre Anwesenheit hier bei mir.

Ich seufzte leise, schloss für einen Moment meine Augen und stellte mir vor, wie wir Zärtlichkeiten im Whirlpool austauschten.

Eine Verführung hier wäre jetzt wundervoll gewesen.

Sie zu küssen war jedes Mal aufs Neue aufregend und wunderbar.

Wenn ihre Zunge meine Oberlippe streichelte, dann über die untere, bevor sie in meinen Mund eindrang und den Liebesakt nachahmte.

Das sehnsuchtsvolle Ziehen in meinem Schoß verstärkte sich. Ich verzehrte mich nach ihr und ihrem Körper. Nach ihren Brüsten, die sich gegen meine rieben.

Als ich meine Augen wieder öffnete, blickte ich direkt in das Gesicht von Francesco. Ich spürte statt Melanies Körper seinen Oberkörper an meiner Brust und fühlte die kreisende Bewegung seiner Hand zwischen meinen Beinen.

„Ich will dich", flüsterte er leise. Er suchte nach meinem Blick und streichelte meine Wange mit dem Daumen seiner anderen Hand.

Mir wurde urplötzlich bewusst was ich hier tat und drückte ihn mit beiden Händen zurück.

„Francesco", stammelte ich. „Ich glaube, das wird nichts mit uns."

Er ließ von mir ab und sah mich mit großen Augen an. „Warum?", fragte er verdutzt.

„Weil sie Frauen liebt", hörte ich Nicole über uns sagen, die nun am Rand des Sprudelbeckens stand und auf uns hinabblickte.

Kapitel 5

Um mein Seelenleben stand es mit einem Male gar nicht gut.

Ich saß wieder einmal auf der Couch in die Decke eingehüllt, das Notebook auf dem Tisch abgestellt. Ich konnte mich einfach nicht auf das vorletzte Kapitel konzentrieren.

Gedanklich war ich die Story noch einmal durchgegangen, aber verdammt nochmal, ich fand keinen Anfang für die nächste Passage.

Und allmählich geriet ich unter Zeitdruck.

Ich wünschte Melanie wäre hier.

Meine Vorstellung sie wäre bei mir, erfüllte mich mit Wärme, und ich spürte, wie mein Gesicht wieder zu lächeln begann.

Wie es dies immer tat, wenn ich an diese atemberaubende Frau dachte.

Mit einem Schlag durchfuhr es mich. Sträubte ich mich doch gegen dieses so unglaublich schöne Gefühl.

Ich erschrak heftig. Warum tat ich das?

In meinem Kopf schrillten irgendwelche Alarmglocken, die dort nicht hingehörten.

Mit Melanie an meiner Seite fühlte ich mich endlos glücklich. Nach allem, was mir Milena angetan hatte, fand ich durch die junge Frau in meine Mitte zurück.

An diesem Punkt tauchte allerdings über Nacht Milena auf und fing an mein Leben auf den Kopf stellen zu wollen.

Was nahm sich diese Person denn heraus? Sie hatte absolut kein Recht dazu.

Und doch stellte ich genau das in Frage, was sie mir in voller Absicht mit spitzem Kommentar an den Kopf geschleudert hatte: den Altersunterschied zu Melanie.

Weshalb tat ich mir das an, mich mit den Gedanken von meiner Ex zu beschäftigen? Sie hatte ich meinem Leben nichts mehr zu suchen. Ich war glücklich. Basta!

Auch wenn ich mich wieder versuchte zu fangen, war ich irgendwie irritiert. Weil ich mit solch plötzlichen Änderung meiner Gefühlswelt nicht rechnete.

Schneeflocken fielen gegen die Fensterscheiben.

Ich gab das Schreiben für heute auf. Mit diesem abrupten Gefühlschaos, das da war, würde ich keine Zeile mehr zustande bringen.

Mit teurem Badeöl, nach Vanille duftend, hatte ich mir ein Bad eingelassen.

Die Augen geschlossen, so war ich ins Wasser geglitten und hatte den Atem angehalten, als ich ein paar Sekunden unter Wasser lag und die Hitze spürte. Ich konnte die gedämpften Geräusche des Wassers in den Rohren hören.

Schließlich war ich mit einem großen Atemzug nach oben gekommen um nach Luft zu schnappen und hatte mir das nasse Haar aus dem Gesicht gestrichen.

(c) 2017 by Judith Hohmann

Das gut temperierte Wasser schwappte gegen meinen Oberkörper.

Als ich mich zur Seite drehte, schaute ich in das Gesicht von Melanie, die sich zwischenzeitlich auf den Badewannenrand gesetzt hatte.

Für einen Moment schauten wir uns einfach nur in die Augen.

Ich zog sie an mich.

Wir küssten uns innig und sehr lange, ehe sich Melanie zurückbog.

„Du hast mir gefehlt", sagte ich wahrheitsgemäß. „Schön, dass du gekommen bist."

„Ich bereite mir erst einmal einen heißen Tee zu", sagte Melanie, erhob sich vom Wannenrand und wollte zur Tür gehen.

„Warte!" Ich griff nach ihrer Hand, hatte mich hochgehievt und spürte die Luft des Raumes eisig auf meiner nassen Haut.

Ich zog ihr vorsichtig den Pullover über den Kopf und presste meinen nackten Körper an ihr Unterhemd, das sie daraufhin ausziehen musste.

„Du bist nass", sagte sie leise. Und nach einer langen Pause: „Und du bist traumhaft schön."

„Ich weiß", erwiderte ich leise und fing an den Knopf ihrer Jeans zu öffnen.

„Was weißt du? Dass du nass oder wunderschön bist?", lächelte sie und küsste mich sanft auf die Lippen.

„Beides", grinste ich und hatte erst ihre Jeans und dann ihren Slip hinunter bis zu ihren Knöcheln geschoben, während sie einfach nur dastand und es schien, als ob sie nicht wisse, was sie als nächstes tun solle.

„Würdest du bitte warten?", protestierte sie.

Ich stand da mit Gänsehaut von der Kälte, und sie stand mir gegenüber, nackt, die Hosen um die Knöchel gebauscht.

Dann sagte sie: „Du bist total verrückt."

„Ja, verrückt nach dir", ich kicherte leise in mich hinein, als ich sie sanft ins Wasser zog.

Es gab nicht genug Platz, damit wir jede an einer Seite hätten sitzen können. Also hatte ich mich umgedreht, so dass mein Rücken an ihrem Bauch lag.

Ich lehnte mich an sie, schlang meinen Arm um ihren Nacken und zog ihr Gesicht an meins und küsste sie heftig. So heftig, dass sie reagieren musste.

Ich legte ihre Hand auf meine linke Brust und glitt unter das Wasser und streichelte sie zwischen den Beinen.

Einen Moment schwiegen wir.

„Du steckst wirklich voller Überraschungen", flüsterte sie mir leicht erregt ins Ohr.

Ich wollte diese negativen Gedanken von vorhin in ihren Armen einfach nur vergessen, mich ihr hingeben…

Das fahle Mondlicht, das unser Bett beschien, hatte etwas Tröstliches. Mit hinter dem Kopf verschränkten Armen versuchte ich im Chaos der Gefühle in meinem Gehirn etwas Ordnung zu schaffen.

Melanie lag friedlich neben mir eingerollt und schlief tief und fest.

Ein Geräusch an der Wohnungstür war es, dass mich hochschrecken ließ. Es riss auch Melanie aus dem Schlaf heraus.

Irgendjemand schien sich daran zu schaffen zu machen.

Ich schob die Decke beiseite, setzte mich auf die Bettkante und suchte nach meinen Pantoffeln.

„Du willst doch nicht etwa nachschauen gehen?" Melanie griff nach meiner rechten Hand und schaute zu mir auf. „Sollten wir nicht lieber die Polizei verständigen?"

Ich holte meinen Morgenmantel, der hinter der Tür hing, zog ihn mir über. Nachdem ich ihn vorn zusammenzog, fuhr ich mit den Fingern durch die Haare und ging mit langsamen Schritten auf die Wohnungstür zu.

Mit einem Ohr immerzu auf die Geräusche konzentriert, die zuvor in die Wohnung drangen.

Danach hörte ich Schritte, die im Treppenhaus verhallten.

Erschrocken trat ich einen Schritt zurück, als ich öffnete.

Am Türknauf hing ein Blumenstrauß und ich konnte hören, wie unten im Erdgeschoß die Haustür ins Schloss fiel.

Lange zu überlegen brauchte ich nicht von wem dieser Blumenstrauß war. Und nachdem ich ihn vom Knauf gerissen hatte, kehrte ich in die Wohnung zurück und der in Papier eingehüllte Strauß flog in hohem Bogen durch die Luft.

Wutentbrannt warf ich die Wohnungstür hinter mir zu.

„Diese verdammte Stalkerin!", schrie ich verzweifelt, die Augen voller Tränen. „Was will diese Frau von mir? Sie soll mich verdammt noch mal in Ruhe lassen."

Als Melanie ihre Arme um mich legen wollte, um mich zu trösten, stieß ich sie von mir weg. Ich solle mich beruhigen, hörte ich sie sagen.

„Lass mich bitte", schluchzte ich, ging zurück ins Schlafzimmer und warf mich weinend aufs Bett.

Ich fand in dieser Nacht keinen Schlaf mehr.

„Mach dich doch für einige Zeit runter in deine Finca", riet Nicole und trank einen Schluck Kaffee. „Vielleicht kommst du dort auch etwas zur Ruhe und kannst dein Buch fertigstellen."

Ich fuhr mit beiden Händen durch mein Haar, obwohl ich keine Frisur hatte, die es lohnte durcheinanderzubringen. „Wie stellst du dir das vor? Und Melanie? Ich weiß nicht mal, wie es mit mir und Melanie weitergehen wird. Und Schuld daran ist Milena, dieses elende Miststück. Ich frage mich, was sie mit ihrer Tour bezwecken will?"

Nicole sah meinen verständnislosen Blick.

„Es liegt doch auf der Hand. Sie ist eifersüchtig, will dich zurückhaben. Was ist mit dem Blumenstrauß von heute Nacht?" Sie lehnte sich zurück. „Und genau aus diesem Grunde solltest du auch fahren. Melanie wird es verstehen, weil sie dich liebt."
Diese Frau hatte die Ruhe weg, dachte ich so für mich. Aber sie hatte vollends recht mit dem was sie sagte.
„ich muss mit Melanie darüber sprechen." Ich seufzte und die Tasse fand zu Weg zu meinen Lippen. „Wenn ich nicht endlich abschalte, kann ich das Datum für das Einreichen des Manuskriptes nicht einhalten. Milena ist es wahrlich gelungen, dass ich mir Gedanken über unseren Altersunterschied mache."

Samstagmorgen. Ich war anhaltend so nervös, dass ich schon um Vier wach wurde und nicht mehr einschlafen konnte. Um die Wartezeit bis zum Frühstück mit Melanie zu verkürzen, fing ich mit saubermachen meines Appartements an, quälte den Kaffeevollautomaten, bis die Hinweisleuchte blinkte, dass er entkalkt werden wollte.
Und zu guter Letzt ersoff ich beinahe meine Blumenpracht unter dem Motto ‚Saufet in der Zeit, dann habt ihr in der Not'.
Als es nichts mehr gab, was ich nach dekorieren des Frühstückstischs tun konnte, ließ ich mich erschöpft auf der Couch nieder, um mich mit einer Schallplatte auf das Gespräch mit Melanie vorzubereiten.
Ich konnte hören, wie die Wohnungstüre aufgeschlossen wurde und lächelte.
„Liebling?", hörte ich sie aus dem Flur rufen. Sie steckte den Kopf zur Tür herein, während sie ihren warmen Parka und die Schuhe auszog. „Hier bist du", sie strahlte, als sie mich sah. „Ich habe beim Bäcker angehalten und Brötchen geholt."
Sie hatte eine große Tüte Brötchen in der Hand und legte sie auf dem Esstisch ab. Danach kam sie auf mich zu, beugte sich über mich und küsste zärtlich meine Lippen.
Das Zimmer duftete nach frisch zubereiten Kaffee und Brötchen und wir setzten uns an den Tisch. Es folgte ein ausgiebiges Frühstück und dreimal musste ich Kaffee nachkochen.
„Melanie, ich muss mit dir reden", warf ich in den Raum und stellte die leere Tasse auf dem Tisch ab.
„Ja, ich weiß, dass dich das alles sehr belastet", sagte sie etwas abwesend und die Augen waren geradeaus gerichtet, nachdem ich ihr meine jetzige Lage versucht hatte zu erklären.

Ein beklemmendes Gefühl stieg in mir auf.

„Ich möchte das zwischen uns nicht beenden", fuhr ich fort. Ich sah, wie sich Melanies Augen mit Tränen füllten. „Bitte versuche mich zu verstehen. Ich brauche nur etwas Zeit für mich. Ich liebe dich. Aber die Situation bringt mich um, dass Milena wieder hier aufgetaucht ist und mich stalkt."

Ich machte eine kurze Pause, legte meine Hand auf die ihre und drückte sie sanft. „Zudem muss ich mein Buch beenden, sonst gerate ich in Verzug."

Kapitel 6

Ich war wie immer beeindruckt, als ich nach einer mehrstündigen Fahrt die Finca an der südspanischen Küste, in der ich monatelang nicht mehr gewesen war, über einen gewundenen Kieselweg erreichte.

Das verträumte kleine Gebäude aus Naturstein ruhte eingebettet in eine traumhaft grüne Hügellandschaft, umgeben von einem mediterranen großen Garten aus Zypressen, Mandel- und Olivenbäumen.

Eine wohlige Ruhe und Geborgenheit umgab die Finca, deren Innenausstattung in einem schlichten, mediterranen Stil gehalten war.

Etwa fünfundzwanzig Minuten davon entfernt lagen einsame Badebuchten.

Das gesamte Zusammenwirken war es, dass mich und Milena dazu bewogen hatte, dieses Gebäude mit seinem Anwesen vor annähernd fünfzehn Jahren zu erwerben.

Milena! Wieder war diese Frau allgegenwertig in meinen Gedanken.

Dass diese Frau in meinem Leben noch so präsent war...

Sie schien es sogar fertig zu bringen, meine Liebe zu Melanie zu beeinflussen oder gar zu zerstören.

In dem Dorf unterhalb der Finca hatte ich noch einige Besorgungen gemacht, um mich hier oben für längere Zeit ungestört zurückziehen zu können.

Ich holte mein Gepäck aus dem Kofferraum des SUVs, den ich vor dem Haus geparkt hatte, ging zur Haustür und schloss sie auf.

Mit einem leichten Druck stieß ich sie nach innen auf und trat in den im Kolonialstil eingerichteten Wohnraum.

Da stand er, mein geliebter Ohrensessel, der dazu einlud darin einen schönen heißen Tee zu trinken, während man sich in eine Decke einkuscheln konnte.

Vielleicht würde es mir an diesem Ort hier gelingen, an meinem Notebook den Abschluss meines Buches zu finden.

Und im Hintergrund könnte ich dem Knistern des Feuers des Kamins lauschen, der mit weißen Steinen und dunklen Fugen angeordnet war.

Ich schloss die Tür hinter mir und stellte den Koffer und meinen Rucksack an die Wand.

Wie immer würde ich mich hier wohl fühlen.

Als ich am Morgen erwachte, stellte ich fest, dass der heutige Tag keine Sonne mit sich bringen würde. Ein Blick durch eines der Sprossenfenster zeigte mir, dass die Wolken die Oberhand hatten und die Sonne nicht gewinnen würde.

Nach einer Weile stand ich auf und ging zur Küche. Im Schrank fand ich noch den kabellosen Wasserkocher, den ich beim letzten Mal vergessen hatte mit zurück nach Deutschland zu nehmen.

Im März war ich das letzte Mal vor Ort gewesen und hatte ganze zwei Wochen damit zugebracht, den sich über Monate sich selbst überlassenen und völlig verwilderten Garten erneut für den Frühling herzurichten. Dazu gehörte auch die kleine Finca.

Ein wenig gelitten hatte das Grundstück allerdings in der Zeit, in der ich nun nicht da gewesen war.

Während das Wasser hinter mir zu kochen begann, öffnete ich eines der Fenster weit und atmete die Luft ein. Es roch trotz wolkenverhangenem Himmel intensiv nach Jasmin und zwei Vögel flogen dicht vor mir am Fenster vorbei.

Ja, hier würde ich Ruhe finden und weiterschreiben können.

Ich schlenderte zurück zur Küchenzeile, die in den Wohnbereich integriert war und bereitete mir einen Tee zu.

Im Anschluss zog ich mir meine Kapuzensweatjacke über und beschloss einen Gang um das Grundstück zu machen bis hinauf zur Anhöhe, die immer wieder aufs Neue einen faszinierenden Ausblick über die Landschaft bot.

Das Anwesen wurde zur Anhöhe hin von Zypressen gesäumt und im Garten gab es Oliven- und Mandelbäume sowie niedrig wachsende Sträucher und Hecken.

Die laue Luft duftete intensiv, als ich die Erhebung erreichte.

Für einen Augenblick genoss ich die warme Luft, die mit einer zarten Sanftheit mein Gesicht streichelte.

Der Blick, der sich vor mir auftat, war wie immer atemberaubend.

In westlicher Richtung und fünfundzwanzig Minuten Autofahrt von mir entfernt lag eine der Badebuchten mit feinem, weißsandigem Strand, der steil ins Meer hinabfiel.

Die Touristen blieben diesen Buchten fern, weil sie fernab von allen bekannten Urlaubsorten lagen. In der Regel konnte man sich dorthin in die Abgeschiedenheit zurückziehen, entspannen oder sogar alleine dort baden, wenn es die Jahreszeit zuließ.

Für die jetzige war es auch dort zu kalt schwimmen zu gehen, zudem herrschte eine starke Brandung und die Unterströmungen waren nicht immer ganz ungefährlich.

Der Sonnenuntergang dort allerdings bot ein herrliches Lichterspiel und man wurde in eine romantische Stimmung versetzt. Ein herrlicher Anblick, bei dem man unweigerlich ins Träumen kam.

Ich schwelgte lächelnd in Erinnerung, als ich an diese traumhafte Bucht dachte. Was hatte ich dort schon für unvergessliche Momente verbringen dürfen.

Nach ein paar Minuten des Verweilens entschied ich mich dann langsam zurück zur Finca zu schlendern, um mich nach einem ergiebigen Frühstück mit dem weiterschreiben meines Manuskriptes zu beschäftigen.

Verfluchtes Smartphone, nicht mal hier habe ich Ruhe. Verdutzt schaute ich auf das Display und fluchte.

Ich hatte es mal wieder nicht ausgeschaltet und es vibrierte auf dem Beistelltisch neben meinem Ohrensessel. *Hätte ich es doch in der Toilettenschüssel versenkt,* schoss es mir durch den Kopf.

Bis jetzt saß ich in eine Decke eingerollt, zusammengekuschelt in meinem Ohrensessel. Allmählich kam ich an und wurde gelassener.

Das Holz im Kamin neben mir knisterte und war wie Musik in meinen Ohren. Nichts auf der Welt sollte mein weiteres Leben stören.

Ich holte tief Luft. Einmal. Zweimal.

Das Vibrieren hörte auf, als der Anruf auf die Mailbox umgeleitet wurde.

Es war warm. Ein wohltuender Wind drang durch die weit geöffneten Sprossenfenster. Er ließ meine Haare wehen, und für kurze Zeit schloss ich die Augen. Ich spürte ein leises Seufzen, welches der Wind in meinen Ohren hinterließ, und es klang wie eine Muschel, die ich mir in einer der Badebuchten ans Ohr hielt und dem Meeresrauschen darin lauschte. Eine wundervolle, gefühlsbetonte Vorstellung, und ich fühlte mich auf einmal fernab jeglicher Sorgen.

Ich öffnete meine Augen wieder und beobachtete, wie die lebendigen Flammen im Kamin zu den Brisen übermütig Kapriolen in ihren schönsten Formen schlugen.

Die Inspiration hatte mich abermals eingeholt und ich konnte fünf Seiten am Notebook fertigstellen. Es fehlten noch ungefähr dreißig Seiten, dann könnte ich das Werk vollenden und über eine gesicherte Internetverbindung an den Verlag senden. Somit hätte ich die zeitgebundene Absprache mit meinem Verleger Patrick noch eingehalten und das Buch könnte in Druck gehen.

Für heute wollte ich nun dabei belassen und beschloss noch etwas die klare Nacht draußen zu betrachten.

Ich zog mir eine leichte Jacke über und trat vor die Tür. Die kühle Nachtluft schwang mir durch den leichten Wind entgegen, der schon in der Finca mein Haar umspielte und die Flammen Kapriolen hatten schlagen lassen.

Ein leichtes Lächeln lag dabei auf meinen Lippen und erinnerte mich an eine der Figuren, die im Kamin fröhlich herumtanzten. Sie hatte die Form eines Herzens geschaffen, und genau diese Illusion ließ mein Herz leidenschaftlich schlagend zu Melanie fliegen, die tausende von Kilometern entfernt alleine war und sich sicher genauso nach mir verzehrte wie ich nach ihr.

Vor mir erschloss sich eine ruhige Nacht und ich bewegte mich langsam von dem Gebäude weg.

Nach ein paar Metern blickte ich zurück und betrachtete meine Finca, aus der ein blasser Lichtschein aus einem der Fenster drang und schwach den Boden davon erleuchtete.

Fröstelnd zog ich mir den Kragen meiner Jacke vor dem Hals zusammen und schlenderte gelassen zur Anhöhe hinauf.

Mein Blick wanderte von links nach rechts und traf nur Dunkelheit.

Ich setzte einen Schritt vor den anderen, und ganz allmählich gewöhnten sich meine Augen an das spärliche Licht. Und über mir leuchtete der Mond mir den Weg.

Ruhig und flach war mein Atem, jedoch erschreckte ich kurz, als ein Nachtvogel seinen einsamen Ruf auf dem Gelände erschallen ließ.

Ich befand mich allmählich vor der Anhöhe, als mir bewusstwurde, dass ich die Finca nicht abgeschlossen hatte. *Ach Blödsinn, wer soll sich hier schon herumtreiben?* Ich hatte keine richtige Angst, aber Vorsicht war dennoch in meinem Hinterkopf.

Aus dem Kamin in dem Häuschen hinter mir stieg Rauch empor, welcher durch das Licht des Mondes sichtbar gemacht wurde.

Ich fand, dass mein nächtlicher Spaziergang für heute ausreichen würde und begab mich langsam wieder in die Richtung meiner Hütte. Dabei ließ ich mir Zeit und genoss die letzten Momente in dieser ruhigen Stimmung.

Ich öffnete die Tür und trat ein. Aus dem Schlafzimmer holte ich, nachdem ich die beiden Sprossenfenster verschlossen hatte, meinen Schlafanzug und machte mich im kleinen Badezimmer, das mit vielen Einrichtungsgegenständen aus Naturelementen bestand, bettfertig. Abzuschminken brauchte ich mich nicht, da ich auf der Hinfahrt hierher kein Make-Up aufgelegt hatte.

Danach kuschelte ich mich in meine gemütliche Bettdecke ein und war wie immer beeindruckt von der nächtlichen Ruhe, weil ich wusste, wie laut es selbst in Marburg war. Hier hätte ich selbst einer kleinen Ameise Gesundheit wünschen können, wenn sie außerhalb auf dem Fensterbrett hätte niesen müssen.

Wenngleich mir Melanie sehr fehlte, konnte ich vor lauter Gemütlichkeit meine Augen nicht mehr öffnen und schlief friedlich ein.

Kapitel 7

Der Tag musste schon fortgeschritten sein, denn das Schlafzimmer war sonnendurchflutet. Ich blinzelte, es fiel mir schwer die Augen zu öffnen.

Keine Hektik, ich will noch etwas liegenbleiben. Nichts sollte meinen Tagesbeginn stören, meine Gedanken kreisten noch um meinen nächtlichen Spaziergang, den Nachtvogel und dass ich so weit vorangekommen war mit meiner Arbeit.

Vogelgezwitscher drang durch das offene Fenster neben mir und ich sah, wie eine Hummel durchs Zimmer brummte und unverrichteter Dinger wieder entschwand.

Da ich nicht den ganzen Tag im Bett verbringen wollte, erhob ich mich langsam und noch schlaftrunken aus dem Bett.

Nachdem ich mir die Haare aus dem Gesicht gewischt hatte, eines meiner Augen nicht richtig aufgehen wollte und der Blick insgesamt noch etwas getrübt war, ging ich zur Küchenzeile im Wohnraum.

Nach einer etwas längeren und unbeholfenen Suche fand ich die Kaffeebohnen, die ich im Frühjahr in einem der Schränke verstaut hatte, ehe ich wieder nach Hause gefahren war.

Ich stand, nachdem ich den Vollautomaten einschaltete, mitten im Raum und wusste nicht wirklich was mit mir anzufangen.

Der Kamin schrie nach Holz, ich ignorierte ihn aber und entschied mich stattdessen die Dusche einzuweihen.

Das Wasser heizte schnell auf und ich genoss das warme Nass auf meiner Haut. Länger als geplant verbrachte ich unter der Dusche und machte mich anschließend in Ruhe zurecht.

Meine langen Haare hielten mich etwas auf und ich überlegte, sie bei einer gemütlichen Tasse Kaffee vor dem Haus in der Sonne trocknen zu lassen.

Ich machte es mir auf der Bank neben der Eingangstüre bequem, es war ein schöner Platz. Der frisch zubereitete heiße Kaffee wärmte meine Hände und ich blickte noch etwas schlaftrunken auf den mediterranen Garten vor mir.

Die Finca hatte eine wunderschöne Lage und ich konnte hier bestens zur Ruhe kommen.

Die Fahrt zu einer der beiden Badebuchten, in der ich oft gewesen war, verging komischerweise wie im Flug. Strahlend blauer Himmel mit wärmenden Sonnenstraßen begleitete meine Fahrt durch kurvige Bergstraßen und entlang einer malerischen Landschaft.

Ich genoss die Fahrt, ehe ich nach knapp dreißig Minuten nach passieren einer steilen Küstenstraße, die mir Angstschweiß auf die Stirn trieb, die kleine Badebucht erreichte.

Ein kleines Naturparadies aus wohlriechenden Mittelmeerkiefern lag nun vor mir, das fernab von Tourismus lag und nur bei Einheimischen bekannt war. Wer es abgeschieden und einsam liebte, war hier genau richtig.

Der Zugang zur Bucht war kaum jemandem bekannt, es hieß steil die Küstenberge hinabklettern und natürlich wieder aufsteigen.

Mit festem Schuhwerk und Rucksack ausgerüstet, begab ich mich daran, den Abstieg zu machen.

Das Meer funkelte unter den Sonnenstrahlen, als ich unten ankam, und die Wellen brandeten sanft an den makellos weißen Strand.

Ich blickte mich um, es war einfach schön alleine hier zu sein.

Gut gelaunt lief ich am Strand entlang, umkurvte fast tänzelnd die Wellen, deren Ausläufer träge über den weißen Strand rollten.

Für einen Moment blieb ich stehen, schloss die Augen und streckte meine Arme weit aus. Ich reckte mein Gesicht der Sonne entgegen und drehte mich im Kreis. Mit dieser leisen Bewegung fühlte ich mich unendlich frei vom allem, beruhigte meinen Geist. Ich spürte die aufsteigende Luft, die warme Brise, die mir vom Meer entgegenkam. Die Wellen klangen wie ein leises und zärtliches Flüstern in meinen Ohren.

Ich wünschte, Melanie könnte bei mir sein. Obwohl ich eigentlich hierhergekommen war, um nicht nur das Buch abzuschließen, sondern um mir auch über meine Gefühle zu Melanie im Klaren zu werden, sehnte ich mich abermals nach ihr. Mein Herz schlug regelmäßig Purzelbäume, wenn ich an sie dachte, und ich fühlte wie rot ich wurde.

Ich wurde aus meinen Gedanken an Melanie herausgerissen, als ich fühlte, dass das Smartphone in meiner Jackentasche vibrierte.

Als ich auf das Display schaute, sah ich eine Nachricht von Milena.

‚Meinst du nicht, jeder hätte eine Chance verdient? Bitte lass es uns noch einmal miteinander versuchen.‘

Für einen winzigen Augenblick geriet ich ins Schwanken. Freilich verdiente jeder eine zweite Chance. Sollte ich sie ihr geben?

Doch dann schüttelte ich energisch den Kopf. Nein! ich hatte gelitten wie ein Hund, als sie damals per SMS mit mir Schluss machte.

Wie oft hatte ich ihr neue Chancen eingeräumt, war immer wieder auf sie zugegangen. Aber sie hatte letztendlich nicht wirklich etwas daraus gemacht.

Milena brauchte sich nicht zu wundern, dass ich mit ihr abgeschlossen und mein Leben neu ausgerichtet hatte. Jetzt, nach Jahren des Schweigens tauchte sie wieder auf und glaubte einen auf Harmonie machen zu müssen? Was glaubte diese Frau eigentlich wer sie war?

Wahrscheinlich hatten wir damals schon nicht zusammengepasst. Aber ich erkannte es zu diesem Zeitpunkt nicht. Die Differenzen würden auch heute nicht wie von Geisterhand verschwinden, wenn ich mich erneut auf sie einließ. Ein paar Wochen oder gar Monate ginge es womöglich gut, aber dann wären wir genau wieder am selben Punkt angelangt wie schon so oft. Zudem hatte sie mich betrogen.

Nein, es musste ein für alle Mal Schluss sein. Überdies hatte ich mich selbst verändert, es ging mir gut ohne Milena. Sie war kein Teil mehr von mir. Es gab ein besseres Leben ohne sie – Melanie hatte es mir vor Augen geführt.

Nach der kurzen Antwort ‚Es gibt kein Zurück mehr‘, die ich Milena zurückschrieb, hatte ich die Hoffnung, dass Milena jetzt Ruhe geben würde. Aber die Geschichte war damit nicht abgeschlossen.

So lange ich am Strand war, selbst als ich spätnachmittags in meinen Wagen zurückgekehrt war, bombardierte sie mich weiter mit SMS.

Ich reagierte nicht auf ihre Nachrichten.

Aber als der Terror nicht aufhörte, war ich es leid gewesen und blockierte kurzerhand ihre Rufnummer im Smartphone. Ich wünschte mir, dass das Thema nun endlich vom Tisch war.

Eine Zeitlang saß ich noch zurückgelehnt in meinem SUV und schaute aufs Meer hinaus. Die Sonne senkte sich über dem Meer dem Horizont entgegen und zauberte bereits ein breites von Bernsteingold über Orangetöne bis hin zu Kupferfarben glänzendes Band aufs ruhige Meer.

Ich war wieder und wieder von diesem herrlichen Schauspiel fasziniert. Sie senkte sich weiter und zeigte dabei ihre ganze Farbenpracht, deren sie fähig war. Danach tauchte alles in rotblaue Abendschläfrigkeit.

Die Wärme hatte nachgelassen.

Ein wohliges Gefühl war zurückgekehrt und ich startete mein Wagen. Ich programmierte mein Navi für die Rückfahrt und fuhr los.

Nach etwa derselben Zeit, die ich für die Hinfahrt gebraucht hatte, leitete mich mein Navi schließlich von der Straße ab, um nach weiteren zwei Kilometern auf dem Kieselweg schließlich wieder die kleine Finca zu erreichen.

Dunkelheit legte sich wie ein Kleid über das kleine Gebäude aus Naturstein und ich spürte die Fahrt in meinen Knochen.

Ich schloss den Wagen ab und ging ins Haus, wollte mich auf meinem Bett ausbreiten, die Augen schließen und für wenigstens zwei oder acht Stunden schlafen. Der SMS-Terror von Milena hatte an meinen Kräften gezehrt.

Nach dieser Strapaze bemerkte ich, wie die gesamte Anspannung von mir abfiel. Und nachdem ich mich aufs Bett geschmissen hatte, schlief ich fast sogleich ein. Ich hatte noch nicht mal das Verlangen oder den Willen mich auszuziehen.

Am darauffolgenden Tag entschied ich mich zu einem Ausflug in das nahegelegene Dorf. Wie jeden Morgen checkte ich auch heute beim ausgiebigen Frühstück zuerst einmal meinen Emailordner. Nicole hatte geschrieben. Ich las, dass die Witterungsverhältnisse in Hessen alles andere als atemberaubend waren.

Frau Holles Fenster weit geöffnet, schüttete sie ihre Betten ausgiebig und massig aus. Und die Temperaturen waren tief in den Keller gerutscht.

Wettermacher Petrus hingegen schien wohl die Segel gestrichen zu haben und war irgendwo auf eine Südseeinsel zur Erholung ausgewandert. Dort lag er garantiert im Aloha-Hawaii-Feeling mit buntem Hemd, trendiger Cargohose, Sonnenbrille und Baseballkappe auf einer Relaxliege und saugte am Strohhalm aus einem buntem Longdrinkglas seinen Pina Colada. Mit ihm flirteten gewiss die attraktivsten Frauen der gesamten Südhalbkugel der Erde, die man je zuvor gesehen hatte.

Um Melanie aber war es sehr still geworden. Mit traurigem Blick und Tränen in den Augen schloss ich mein elektronisches Postfach und stellte das Notebook auf der Küchenzeile ab.

Ich musste ihr wohl sehr weh getan haben, als ich sie um eine Auszeit bat. Melanie ging mir tiefer als ich angenommen hatte. Ich konnte die Empfindungen und Gedanken an Melanie nicht einfach abstellen wie ein Gerät, das man ausschaltete. Sie waren allgegenwärtig. Es war die Stimme in meinem Kopf und das Bauchgefühl, das mir inzwischen sagte, dass ich in Melanie meine Seelenverwandte gefunden hatte.

Die verträumte und verschlafene Siedlung befand sich etwa zehn Autominuten entfernt in einem tiefen Tal unterhalb meiner Finca. Sie gehörte zu einem der typischen weißen Dörfer Südspaniens, wie man sie überall im Land fand. Die Siedlung bot eine alte Chronik auf neuem Kalkanstrich, eine Beifügung von Düften und verwinkelten Gassen. Und sobald man aus diesen Gassen herauskam, hatte man einen Ausblick auf die Weite einer großartigen Landschaft. Dort war die Zeit stehen geblieben.

(c) 11/2017 Judith Hohmann

Ich trug ein luftiges Sommerkleid, eine modische Sonnenbrille und hatte meine Haare hinten zusammengebunden. In meiner Hand schwenkte ich meine Schuhe.

Eine mit Kopfstein gepflasterte Gasse führte mich vorbei an blumenverzierten aneinander gereihten kleinen Häusern, bis ich oben die Plaza erreichte - den Mittelpunkt des Dorfs mit seinen Bars und Cafeterias. Die Terrassen davor waren besetzt mit Ansässigen und Urlaubern, die sich vereinzelt hierher verirrt hatten.

Nachdem ich mein Stammcafé gesichtet hatte, machte ich dort eine längere Kaffeepause.

Ich beobachtete spielende Kinder auf dem Platz und lauschte einem Gitarrenspieler, der auf einer schattigen Bank Lieder einübte.

Er beherrschte die Gitarre mühelos, sah dabei kaum auf die Finger, dafür wiederholt zu mir hinüber. Daraufhin setzte er zu einem spanischen Liebeslied an und lachte mir zu.

Ich zog die Sonnenbrille ab und schenkte ihm ein distanziertes Lächeln zurück.

Nachdem ich gezahlt und mit dem Besitzer des Cafés, Alejandro, noch ein paar freundliche Worte gewechselt hatte, schlenderte ich weiter zur Kirche, einem von außen schlichten weißen Gebäude.

Kaum war ich eingetreten, faszinierte mich wieder aufs Neue die in Barock gehaltene Dekorationskunst und deren Altarbilder.

Ich setzte mich auf eine der Bänke und senkte meinen Blick. Traurig dachte ich an Melanie, die weit von mir entfernt war und mir fast überhaupt nicht mehr schrieb. Und mit einem Male wurde ich mir dessen bewusst, dass ich dabei war sie zu verlieren. Wollte ich das wirklich?

Kapitel 8

Nächtelang hatte ich kein Auge mehr zugetan. Ständig flossen Tränen wegen Melanie. Ich vermisste sie schmerzlich. Ich vermisste den Zauber, den sie auf mich ausübte, wenn sie bei mir war. Ihre Berührungen, die Sinnesreize bei mir auslösten, wie ich sie nie bei einer Frau zuvor erleben durfte. Es war unbeschreiblich. Ich war mit ihr in eine wundervolle Welt der Liebe eingetaucht.

Erst jetzt, als ich von ihr getrennt war und sich Melanie fast gar nicht mehr meldete, wusste ich, warum ich mich in den vergangenen Tagen so nach ihr sehnte: In ihr hatte ich meine wirklich große Liebe gefunden.

Verquollene Augen blickten mir nunmehr im Spiegel entgegen. Ich fühlte mich innerhalb weniger Tage wieder um einige Jahre gealtert. Frauen mit Vierzig Plus waren doch eigentlich in einem interessanten Alter angekommen, hatte ich mir sagen lassen, auch die Glückskurve sollte wieder ansteigen. Aber die, die ich im Spiegel sah, war alles andere als interessant: Sie sah furchtbar mitgenommen aus.

Erneut bahnten sich Tränen ihren Weg.

Nach der ersten Tasse Kaffee setzte ich mich an den Tisch und schaltete mein Notebook ein. Wieder nichts von Melanie. Das untermalte meine niedergeschlagene Stimmung noch.

Überraschend war mir alles egal, nur der Gedanke zählte. Ich öffnete das Menüfenster „Email verfassen" und begann zu schreiben: „*Liebe Melanie, ich weiß nicht wie ich beginnen soll. Jeden Tag öffne ich den Emailordner in der Hoffnung, dass ich etwas von dir vorfinden würde. Der Posteingang aber bleibt leer. Ich verstehe, dass ich dir sehr getan haben musste, als ich dich um eine Art Auszeit bat. Nun, während ich hier in Südspanien mein Buch zu Ende bringe, wird mir bewusst, dass mir nichts auf der Welt mehr fehlt als du. Zu keiner Zeit hätte ich erwartet, dass mir eine Frau noch einmal so viel bedeuten würde. Du hast dich tief in mein Herz eingeschlichen und bist zu einem festen Bestandteil in meinem Leben geworden. Ich würde dir gerne persönlich sagen, was du für mich bedeutest. Bitte lass uns nicht verlieren. Deine Andrea.*"

Für eine Weile hielt ich inne. Wenn ich jetzt noch lange überlegte, würde ich diese Nachricht nicht absenden, das wusste ich. So fuhr ich zittrig mit dem Cursor nach oben und drückte auf Senden. Nun war sie weg. Nichts auf der Welt konnte sie mehr zurückholen.

Zitternd und leise schluchzend stützte ich meinen Kopf in die Hände. Ich wünschte mir nichts sehnlicher, als dass Melanie die Zeilen las und darauf reagierte. Ja, bei Gott, ich liebte diese Frau. Und ich wollte mein Leben mit ihr verbringen. Milena durfte keine Macht mehr über mich bekommen.

Knapp eine Woche war ich nun hier in meiner Finca und der Abgabetermin für das Manuskript rückte näher. Bedauerlicherweise war ich noch nicht ganz fertig damit, es fehlten mir noch etwa fünf Seiten. Der Schlussteil stand ferner im Raum, aber insgesamt war ich durchaus zufrieden damit. Rein gar nichts mehr würde ich daran ändern müssen.
Wenn ich mit allem fertig war, könnte ich letztlich die Datei absenden. Bei dem Gedanken daran fiel mir fast ein Stein vom Herzen.
Ich klappte das Notebook nach abspeichern meiner letzten Zeilen und herunterfahren zu. Es war bereits Mitternacht vorüber, und für eine kurze Zeit überlegte ich, mir noch einen weiteren Tee zuzubereiten. Aber ich verwarf meine Überlegung rasch wieder.
So saß ich noch eine Weile am Küchentisch, den Kopf auf eine Hand aufgestützt, mit der anderen hielt ich meine fast leere Tasse und starrte gedankenverloren hinein. Auch heute war der Emaileingang von Melanie leer geblieben, und ich spürte, wie mich erneut Traurigkeit überkam.
Wenn das zwischen Melanie und mir scheiterte, hatte Milena ihr Ziel freilich erreicht. Aber es wäre die größte Idiotie von ihr anzunehmen, mich durch solche Aktionen zurückgewinnen zu können.
Irgendwann ging ich ins Schlafzimmer, breitete meine Kleidung auf dem Stuhl aus und kroch ins Bett. Obwohl ich so müde war, fand ich keinen Schlaf, wälzte mich die ganze Nacht hin und her, und als der Morgen kam, fühlte ich mich abgekämpft und benommen.
Sonnenstrahlen fielen in den Raum und ließen ihn hell und freundlich erstrahlen.
Ich horchte auf, als ich das Motorengeräusch eines Wagens vor dem Haus vernahm. Wer um Gottes Willen hatte den Weg hierher gefunden? Die Finca lag etwas abgelegen. Sie war nur Einheimischen bekannt oder....
Vor Entsetzen war ich im Bett hochgefahren. Doch nicht etwa Milena? Ich hätte es ihr wahrlich zugetraut, dass sie hier vor der Tür stehen würde. Und das wäre das Frechste gewesen, was ihr hätte einfallen können.

Die Gedanken überschlugen sich. Ich warf die Bettdecke zurück, zog den Morgenmantel über und ging in den Wohnraum, um durchs Fenster Ausschau zu halten, wer mich so früh am Morgen hier aufsuchen würde.

Ich zuckte zusammen, als es unvermittelt an der Haustür klopfte. Mit angehaltenem Atem öffnete ich zitternd und traute meinen Augen nicht. „Du?"

Mein Herz schlug so laut in der Brust, dass ich glaubte es würde herausspringen. Ich konnte meine Überraschung und Freude kaum verbergen, als ich eine recht erschöpfte Melanie vor mir entdeckte.

„Dich hier zu finden", sagte sie leise, „war trotz Navi reinste Glücksache. Ich bin ohne…."

Ich ließ sie nicht ausreden, zog sie einfach nur an mich heran und nahm sie mit mehr Nachdruck und Leidenschaft als sonst in die Arme. Dann küsste ich sie, bis ihr die Luft wegblieb.

„Sieht zweifellos so aus, als hättest du mich vermisst?", neckte sie mich, als ich schließlich innehielt.

„Du kannst dir gar nicht vorstellen wie sehr", sagte ich wahrheitsgemäß, umfasste ihre Brust und fuhr mit dem Daumen über ihre aufgerichteten Brustwarzen unter dem engen T-Shirt, während ich ihren Duft einatmete.

Jetzt, da sie hier war, würde alles gut werden – mit ihr würde alles gut werden. Ich könnte mein Buch zum Abschluss bringen, die Zeit mit ihr genießen, wenn sie es mit mir auch noch wollte.

Innerlich schienen wir Beide beinahe vor Freude zu platzen. Sie schob mich rückwärts durch den Raum. Dabei fiel ich knapp über den Stuhl, der hinter mir etwas weggeschoben vom Tisch stand, auf dem ich den Abend noch zuvor saß und an meinem Buch arbeitete.

Sie drückte mich mit dem Rücken gegen die Wand. Ihre Hände glitten über meine Hüfte, meine Taille, an meinen Brüsten vorbei, bis sie schließlich mein Gesicht umfasste. Mein Gesicht war dabei feuerrot geworden.

Ich begehrte sie so sehr. Das tat ich von Anfang an.

Ihre Hände glitten auf meine Schultern und sie streifte mir den Morgenmantel ab. Der Mantel fiel zu Boden und bildete einen Ring.

Nun stand ich entblößt vor ihr. Meine Brust hob und senkte sich unregelmäßig, und ich konnte meine Arme nicht mehr bewegen.

Sie nutzte die Gunst des Augenblicks, um ihre Hände auf meine Brüste zu legen. Das Pochen meines Herzens konnte ihr nicht entgangen sein.

Als ich mich einigermaßen fassen konnte, zerrte ich begierig an Melanies Gürtel und öffnete den Knopf ihrer Jeans, die ich dann ein Stück nach unten schob.

Ich wollte sie, ich wollte sie jetzt und hier. Unsere Zungen begannen ein wildes Spiel, und es war mir völlig egal, ob wir den Weg noch zum Bett finden würden oder nicht. Mein Verlangen war so groß, dass ich kaum klar denken konnte.

Meine rechte Hand schob sich unter ihren roten Slip und sie stöhnte auf. Ich schaffte es noch ihre Jeans komplett abzustreifen und sie von ihrem Slip zu befreien.

„Oh Andrea", murmelte Melanie an meinen Lippen. Sie nahm die Hände von meinen Brüsten und fing an ihr T-Shirt auszuziehen. „Du hast mir so unendlich gefehlt."

Wir waren beide so verrückt vor Begierde. Ich ließ die Hand weiter zu ihrer Öffnung gleiten und schob zwei Finger in sie hinein. „Gott, bist du schon feucht."

Es war großartig in ihren Armen zu liegen, ihre nackte Haut zu spüren und ihren regelmäßigen Herzschlag zu fühlen. Langsam, fast sachte, wurde sie schläfrig und sie schloss mit einem bezaubernden Lächeln auf ihren Lippen ihre Augen. Dann schlief sie ein.

Ich gewann an Farbe bei den Gedanken, die mein Denken bestimmten, als sie nach zwei Stunden wieder aufwachte und mir in die Augen blickte.

Ich konnte nicht anders und musste sie, während sie in meinen Armen schlief, immerzu anschauen. Ihren wunderschönen Körper und ihre makellose Haut.

Erneut spürte ich Lust und Verlangen. Ich konnte nicht aufhören und wollte mich darin verlieren. Mein Atem wurde schwer und unsere Lippen fanden sich erneut wie Stunden zuvor. Eine weitere Explosion der Sinne eröffnete sich mir.

Sie ließ ihre Finger an meinem Oberkörper entlang gleiten, man konnte die Erotik praktisch knistern hören. Ihr Geflüster fand den Weg in meinen Körper und breitete sich dort in alle erogenen Zonen aus. Es wäre völlig sinnlos gewesen, sich gegen all diese kleinen Feuer zu wehren, die abermals in mir loderten und so genoss ich einfach.

Sodann begann sie meinen gesamten Körper zu küssen. Ihre Zunge umspielte sanft meine linke Brustwarze und ich erfasste, wie sie noch härter wurde. Für mich ein wie immer aufregendes Erlebnis.

Ihr rechter Zeigefinger erreichte nun, während sie mich weiter mit zärtlichen Küssen übersäte, meine Lippen. Ich öffnete ohne Scheu meinen Mund, denn ich wusste, sie wollte mit meiner Zunge spielen, und saugte daran.

Melanie zog den Finger wieder heraus und fuhr mit ihrer Hand weiter zu meinem Schambereich.

Sie stöhnte leise auf, als ich mit meinen Fingerspitzen über ihren Rücken strich. Knall auf Fall war Gänsehaut da, die sich auf ihrem Rücken und Hals ausbreitete.

Ich lächelte. Denn ich spürte Melanies Begehren in der Hitze ihrer Haut, im stoßweisen Hauch ihres Atems. Aber auch ich begehrte sie - und ich liebte sie.

Als sie meinen Wunsch bemerkte, dass ich nach ihr verlangte, suchten sich nun ihre Finger ihren Weg und tauchten tief in mich ein. Ich krallte meine Hände in ihre Schultern, und fast übergangslos explodierte ich in einem stürmischen Höhepunkt.

Kapitel 9

Nach ausgiebigem Sex stieg ich aus dem Bett und war in die Küche gegangen. Ich lächelte, schüttelte den Kopf, lächelte und öffnete den Kühlschrank.

Melanie stand nackt, wie Gott sie geschaffen hatte, in der Badezimmertür und sagte: „Ich gehe kurz duschen, dann helfe ich dir beim Tisch eindecken. Bitte warte auf mich. Ich möchte dies mit dir zusammen machen."

Ich wandte meinen Blick verlegen ab, sie war so bildschön, starrte in den Kühlschrank hinein und sprach zuerst mit mir selbst.

(c) 12/2017 Judith Hohmann

„Wieviel Eier? Zwei?", rief ich an der Kühlschranktür vorbei Richtung Bad. Als keine Antwort kam, nahm ich drei Eier heraus und ließ sie ins Wasser gleiten.

Wieder öffnete ich den Kühlschrank, holte Butter, Marmelade und frischen Orangensaft heraus.

Ich deckte den Tisch für zwei Personen, hatte draußen im Garten ein paar Blumen, die zu dieser Jahreszeit noch wuchsen, gepflückt und den Tisch damit geschmückt.

Die Eier waren fertig, der Kaffee ebenfalls.

Es sollte ein schönes Frühstück werden, und ich wollte jede Minute, die wir jetzt miteinander hatten, auskosten.

Nun saß sie mir gegenüber, in ein weißes Handtuch gewickelt, ihr Haar war halb nass, zerzaust und achtlos hochgesteckt. Egal, wie sie sich mir gegenüber gab, ob elegant, in lässiger Jeans und Shirt oder so wie jetzt, sie sah immer bezaubernd aus.

Wir unterhielten uns über leichte Dinge, und während ich in mein Marmeladenbrötchen biss und es langsam kaute, bemerkte ich ihren Blick, der versuchte in meine Augen einzudringen.

Es folgten immer wieder tiefe Blicke, die wir austauschten. Einfach vertraute Augenblicke, die mir, während ich hier war, gefehlt hatten. Und das wurde mir hier vor Ort erst richtig bewusst.

Das eine oder andere Mal lächelte sie mich an, ein Gefühl voller Harmonie.

Sie versuchte mir meine sehnlichsten Wünsche von den Augen abzulesen. Manchmal sagten Blicke mehr aus tausend Worte. Und auch hier zwischen uns war es so.

„Ich dachte, ich würde dich verlieren", sagte sie mit einem etwas traurigen Gesichtsausdruck auf dem Gesicht, der sie dann aber zurück in ihr bezauberndes Lächeln verwandelte, so wie ich es bisher kannte und liebte. „Dann kam deine letzte Email. Sie war eine so schöne Liebeserklärung. Daraufhin habe ich Kontakt zu Nicole aufgenommen und mir die Anschrift der Finca geben lassen."

Ich spürte wie ich errötete und blickte verlegen unter mich. Zum ersten Mal waren es sogar Worte von ihr, die ein heftiges Kribbeln in meinem Bauch auslösten.

„Du hast mir so sehr gefehlt", gab ich leise zu. „Milena wäre es beinahe gelungen, dass ich die Flucht zu dir angetreten hätte. Aber mir wurde hier unten klar, dass ich mich nicht beeinflussen lassen durfte. Diese Frau ist Geschichte, sie ist gemein und falsch. Und ich habe ein neues Leben gefunden – gemeinsam mit dir."

Das Frühstück, das wir hier führten, konnte man eher als Brunch bezeichnen. Ich hatte noch zweimal Kaffee nachgekocht, und als wir nichts mehr essen konnten, stemmte ich meine Ellenbogen auf den Tisch und stützte meinen Kopf in die Hände.

„Noch vier Seiten, dann habe ich das Buch beendet und kann es als pdf-Datei an den Verlag senden", sagte ich unvermittelt und schaute ihr gerade in die Augen. „Aber zuerst möchte ich dir ein wenig von der Gegend zeigen. Es ist wundervoll hier und wird dir sicher gefallen."

Ehe Melanie irgendetwas dazu sagen konnte, vernahmen wir beide, wie sich ein Fahrzeug über den Kiesweg dem Gebäude näherte.

Der Wagen hielt. Eine Autotür schlug zu, Schritte auf dem Kies knirschten, ehe jemand vor der Haustür stehenblieb. Die Person schien kurz zu warten und klopfte schließlich an.

„Ich sollte mir etwas überziehen", mit diesen Worten verschwand Melanie Richtung Schlafzimmer. Ich sah noch, wie sich das Handtuch, das sie sich um den Oberkörper gewickelt hatte, löste und um ein Haar hinuntergerutscht wäre. Dabei entwich mir ein leichtes Grinsen. Diese Frau war die personifizierte Versuchung.

Sie zwinkerte mir zu. „Biest, das hättest du wohl gern?", lachte sie und schloss die Tür hinter sich.

Noch im SUV, als ich die Rufnummer von Milena blockierte, dachte ich, dass diese Geschichte mit ihr nun endlich ein Ende hatte. Aber ich wurde eines Besseren belehrt, denn als ich die Tür öffnete, stand SIE direkt vor mir. Mit diesem scheinheiligen Lächeln auf dem Gesicht, so wie ich es von früher her kannte, wenn sie versuchte wieder bei mir zu landen.

„Ich habe begriffen, dass ich die größten Fehler gemacht habe", beschwor sie mich vor der Haustür. „Bitte gib mir die Chance und lass uns noch mal von vorn anfangen. Wir waren doch etwas ganz Besonderes."

„Aha! Etwas ganz Besonderes? Was du abgerissen hast, war unbegreiflich. Ich habe kein Vertrauen mehr zu dir", sagte ich trocken. „Du kannst das Rad der Zeit nicht zurückdrehen. Es ist endgültig vorbei zwischen uns."

Sie schob mich ohne zu fragen beiseite und trat in den Wohnraum. Dieses Bravurstück verschlug mir restlos die Sprache. Unverschämt war sie ja schon immer, aber das hier war der Höhepunkt ihrer respektlosen Art.

„Du bist immer noch mit dieser jungen Grazie zusammen?", sie ballte wütend die Fäuste. „Ist sie auch hier? Schläfst du mit ihr in unserem Bett?"

„Das geht dich alles gar nichts an", entgegnete ich äußerlich ruhig. Innerlich fing ich an zu kochen, aber ich war fest entschlossen, mich nicht provozieren zu lassen. Warum gab Milena nicht auf? Was versprach sie sich davon?

„Was willst du mit so einer jungen Schnalle?", giftete Milena.

„Ich liebe diese junge Schnalle oder Grazie, wie du sie abfällig nennst. Im Gegensatz zu dir ist ihre Liebe echt. Ich habe erkennen müssen wer du wirklich bist. Und noch einmal werde ich nicht denselben Fehler machen."

Melanie, die sich bisher im Hintergrund gehalten und alles zwischen uns verfolgt hatte, war, nachdem sie sich angekleidet hatte, zu uns in die Wohnküche gekommen. Sie hatte sich mit dem Hintern gegen die Küchenzeile gelehnt, die Arme vor der Brust verschränkt und warf Milena einen verächtlichen Blick zu.

Ich fühlte, wie die Situation zu eskalieren begann. Dafür kannte ich meine Ex viel zu gut. Und sie hatte sich hier in keiner Weise geändert. Es schien nach all den Jahren sogar noch schlimmer geworden zu sein."

„Was kann dir diese Tussi schon bieten?", wütete Milena. „Sie ist jung, ja, und sicher gut im Bett. Aber sie wird weg sein, ehe du weitere Falten und graue Haare mehr bekommst. Sieh dich doch jetzt schon an wie alt du geworden bist."

Ich holte tief Luft, doch mir blieb förmlich die Spucke im Hals stecken. Welches Recht nahm sich diese Frau eigentlich heraus?

„Das geht eindeutig zu weit", schrie ich sie an. „Verdammt nochmal! Du gehörst nicht mehr zu meinem Leben. Ich habe dir bereits in einer SMS geschrieben, dass es kein Zurück mehr gibt. Warum akzeptierst du das nicht? Es war doch unmissverständlich. Was also willst du hier?"

Die Handgreiflichkeiten, die jäh folgten, verwirrten mich zutiefst. Ich hatte den Überblick darüber verloren, wie es überhaupt dazu kommen konnte. Wenn ich angriffslustig wurde, dann allenfalls verbal, aber nicht mit der Faust. Ich erinnerte mich nur, wie Milena auf meine Lebensgefährtin losgegangen war, und ich versuchte sie noch an der Schulter zurückzuhalten. Meine Worte, sie solle bitte das Haus verlassen, verfehlten ihre Wirkung und sie schlug mir in der Folge mit der linken Faust ins Gesicht.

Melanie, die nicht ertragen konnte, wie sie mit mir umging, hatte daraufhin meine Ex an den Haaren gepackt und zur Seite gerissen - während ich taumelte und mit der Hüfte gegen den Tisch rechts von mir stieß.

Wie unter Zeitlupe nahm ich wahr, wie der Tisch sich seitlich langsam anhob und das Notebook zum Rand hin rutschte. Mein „Nein, um Gottes Willen Nein!", ging in diesem Tumult nahezu unter und das Gerät kippte vornüber. Ich versuchte mich aus dem Handgemenge zu befreien und an das Gerät zu gelangen. Das einzige was ich noch sah war eine Ecke von dem Gehäuse, danach war es auch schon verschwunden.

Melanie schien es ebenfalls bemerkt zu haben und versuchte auch danach zu greifen. Sie wusste, was es für mich bedeutete, wenn das Notebook auf die Steinfliesen aufschlagen würde. Dabei blieb sie mit einem Fuß hinter dem Tischbein hängen und stürzte, Kopf voran, auf die Steinfliesen. Unter einem gellenden Schrei blieb sie dort letztendlich reglos liegen.

Meine Augen weiteten sich vor Schreck, als ich Melanie sah.

Kurzentschlossen drehte ich mich zur Seite und schlug zu. „Du verdammtes Miststück!", schrie ich voller Wut und Verzweiflung. Meine Augen füllten sich mit Tränen. „Was hast du getan? Wenn ihr etwas passiert ist, ziehe ich dich zur Rechenschaft. Verlass dich drauf. Von meiner Datei des Buches auf dem Notebook ganz zu schweigen." Milena fiel nach hinten und ging benommen zu Boden.

Ich lief zu Melanie und kniete mich besorgt neben ihr nieder. Mir bot sich ein Bild des Elends. Sofort beugte ich mich über sie und berührte mit meinen Fingerspitzen ihren Hals. Die Blutlache um ihren Kopf war allmählich größer geworden.

Ob es an meiner Aufgeregtheit lag, ich wusste es nicht. Ich fand einfach keinen Puls. Ängstlich fasste ich ihren Kopf mit beiden Händen und hob ihn an, um ihre Verletzungen an der Vorderseite besser einschätzen zu können. Wie angenommen, klaffte dort eine große Wunde, die sie sich beim Aufschlagen zugezogen hatte. Ihre langen Haare verklebten sie.

Ein leises Röcheln drang an mein Ohr.

Du lebst! Mir fällt ein Stein vom Herzen! Ich bin so unendlich dankbar, dass du lebst!

Langsam kam Melanie wieder zu sich.

Ich musste sie zu einem Arzt bringen. Sie hatte eine schlimme Gesichtsverletzung, die dringend behandelt werden musste. Eine Vielzahl von Gedanken überschlugen sich. Was war, wenn außerdem noch eine Gehirnerschütterung hinzukam? Dann würde sie sich nach dem Sturz möglicherweise an nichts mehr erinnern können.

Draußen hörte ich eine Autotür, die zugeschlagen wurde. Kurz darauf folgte Reifenquietschen und ein Wagen fuhr schleunig davon.

Ich sah die Haustür offenstehen und von Milena war weit und breit nichts mehr zu sehen…

Kapitel 10

Ich hatte die ganze Nacht sorgenvoll und hoffend bei ihr am Krankenbett verbracht. In demütiger Haltung saß oder stand ich und betrachtete das große Pflaster ihrer Verletzung am Kopf. Gott sei Dank befand sich etwa achtzig Kilometer vom Dorf entfernt ein kleineres Krankenhaus, in das ich sie auf Anraten von Doktor Peréz gebracht hatte.

Die Ärzte hatten Melanie einer genauen Untersuchung untergezogen. Sie hatte sich bei dem Sturz auf die Steinfliesen tatsächlich eine leichte Form des Schädel-Hirn-Traumas zugezogen. Die Platzwunde war genäht worden, und sämtliche Symptome einer Gehirnerschütterung zeigten ihr Ausmaß längst in meinem SUV, in den sie mir um ein Haar gekotzt hätte. Ich konnte gerade noch am Straßenrand halten, ehe sie sich zu Seite drehte, die Tür öffnete und sich heftig übergab. Nun ja, das Frühstück, das wir abhielten, war auch recht ausgiebig. Vorsorglich sollte sie nach einer intensiven Untersuchung die Nacht im Krankenhaus verbringen.

Ich träumte von einem Wunder, dass sie ihre Erinnerung nicht verloren hatte. Die diensthabende Ärztin machte mir da jedoch wenig Hoffnung, sie rechnete mit einer leichten Form von Amnesie.

Wenn ich auf dem Stuhl saß und ihre Hand hielt, hörte ich sie unter Schmerzen stöhnen. Sie schlief schlecht und unruhig, wälzte sich hin und her. Das, obwohl die Ärzte ihr neben einem Schmerzmittel ein leichtes Schlafmittel verabreicht hatten, damit sie die Nacht zur Ruhe kommen konnte.

Am frühen Morgen erfüllte eine dichte Nebelmasse das Tal, in dem das Krankenhaus lag. Rechts davon die Sonne, an den Gipfeln streifend, erleuchtete die Berge, zu denen sich Ausläufer des Nebels hinzogen.

Ich stand beim Fenster und blickte nach draußen, um diesem Naturschauspiel zuschauen zu können. Dabei rieb ich zitternd vor Kälte meine Arme. Im Krankenzimmer war es gar nicht so kühl, dachte ich so für mich, es musste wohl am Schlafmangel liegen.

Ich fühlte mich verantwortlich für das was vorgefallen war

Ich fühlte mich verantwortlich für das was vorgefallen war. Und vor Allem für Melanie. Mir wäre wohler gewesen, ich hätte die Zeit einfach zurückdrehen können, bevor Milena aufgetaucht war. Aber leider ging dies nicht.

Nach Hause in die Finca zurückgekehrt, blickte ich auf das kaputte Notebook auf dem Tisch. Jetzt ging gar nichts mehr. Wie durch ein Wunder waren äußerlich keine Schäden erkennbar, aber es fuhr nicht mehr hoch. Ich wusste was das bedeutete. Die Datei auf der Festplatte war ganz sicher zerstört und nicht mehr zurückzuholen. Wochen der Arbeit waren umsonst gewesen - ich konnte den Termin nicht einhalten.

Melanie saß mir gegenüber, die Arme verschränkt und wir sahen einander nur stumm an.

Ich hatte den Kopf in die Hände gestützt und war am Boden zerstört. Dicke Tränen liefen mir über die Wangen. Meine Unterlippe zitterte und meine Schultern bebten, als ich abermals auf das Gerät vor mir blickte.

„Ich habe nur einen Teil der Datei auf einen Stick gezogen", schluchzte ich. „Die restlichen Seiten, die ich hier schrieb, sind ganz sicher verloren. Ich bin genauso weit wie zu Anfang, als mir Nicole riet hierher zu fahren, um das Buch zu beenden."

Die junge Frau schaute mich an und fasste sich an die Stirn, wo die Platzwunde genäht worden war und sich das Pflaster darüber befand.

„ich bin zwar Informatikerin", sagte sie mit gesenktem Blick, und ihre leise Stimme klang dabei völlig hilflos, „aber ich bin mir nicht sicher, ob ich deine Daten retten kann. In mir sind so viele Gedächtnislücken, was mein Wissen aus meinem Beruf angeht. Dazu noch diese verdammten Kopfschmerzen."

Ihre Worte hatten mich sehr getroffen. Ich hatte mich vom Stuhl erhoben und neben sie gekniet. Sodann legte ich meine Hand unter ihr Kinn und hob ihren Kopf, um ihr in die Augen zu sehen.

„Das Allerwichtigste ist, dass dir nichts Schlimmeres passiert ist", sagte ich gefühlvoll. „Ich hätte mir das niemals verziehen. Und die Datei, es ist nicht zu ändern. Ich werde Patrick die Situation erklären und hoffe, dass er mir Zeitaufschub gewährt."

Sie zeigte wieder auf ihrem Mund ein angedeutetes Lächeln. Ich suchte weiter ihren Blick. „Ich liebe dich, Melanie. Ich liebe dich mehr als alles auf der Welt. Und ich möchte mein Leben mit dir verbringen. Gemeinsam alt werden. Aber nur, wenn du es auch möchtest. Du hast mein ganzes Leben gehörig auf den Kopf gestellt. Ich habe wieder gelernt nach dem Desaster namens Milena Gefühle zuzulassen. Du bist zu meinem Herzen und in meine Seele vorgedrungen, wo ich niemals mehr jemanden hineinlassen wollte."

Ihr bezauberndes Lächeln war zurückgekehrt. „Das war gerade die schönste Liebeserklärung, die ich je von einer Frau bekommen habe. Du weißt gar nicht, was mir das bedeutet und wie sehr ich dich liebe."

Melanie streichelte zärtlich mein Gesicht und küsste meine Lippen. Ein sanfter, zarter Kuss, ohne das Überstürzen oder die Leidenschaft jener Augenblicke zuvor.

Drei Tage waren seither vergangen. Ich stand oben auf der Anhöhe und blickte in den klaren Sternenhimmel. Kein Wölkchen verdeckte die atemberaubende Vielzahl von Sternen, die man von hier sah. Die Blätter der Büsche, die am Rand des Weges zur Erhebung hin standen, bewegten sich kaum.

In diesem Moment klingelte mein Smartphone. Ich meldete mich: „Ja?" Dann hörte ich aufmerksam zu, und als ich das Gespräch beendete, lag ein zufriedenes Lächeln auf meinem Gesicht.

„Wer war das?", fragte Melanie, die mit zwei Gläsern Wein in der Hand zu mir heraufgekommen war. Sie reichte mir eins davon. „Ich hoffe keine schlechten Nachrichten?"

„Patrick, mein Verleger", erklärte ich ihr. „Er ist damit einverstanden, wenn ich das Manuskript in der ersten Januarwoche einreiche. Dann erscheint es halt gleich zu Anfang nächsten Jahres."

Ein leichter Wind kam auf. Melanie streichelte beruhigend meinen Arm und drehte ihr Weinglas in der Hand.

Sie blickte schelmisch zu den Sternen auf. „Du darfst dir etwas wünschen", sagte sie, als eine Sternschnuppe über uns hinweg flog.

„Ich brauche mir nichts mehr zu wünschen", flüsterte ich. „Ich habe dich. Und das ist das schönste Geschenk für mich."

„Und ein Buch, das du hier und jetzt beenden kannst", ergänzte sie. „Du solltest Patrick anrufen und ihm sagen, dass du den Termin einhalten wirst. Dein Buch kann pünktlich auf den Markt kommen."

Vor Schreck rutschte mir das Weinglas aus der Hand und fiel auf den Boden aus Sand und Gestein. Ich konnte es nicht glauben. Was hatte sie da eben geäußert? Deshalb hatte ich sie also stundenlang nicht zu Gesicht bekommen. Sie war mit der Reparatur des Notebooks beschäftigt. Ich wusste einfach nicht was ich sagen sollte.

Ich schlang meine Arme um ihren Nacken. „Ich kann es nicht glauben. Du hast es wirklich geschafft meine Datei zu retten? Du bist unglaublich." Meine Augen wurden feucht und ich küsste sie stürmisch.

Mein Herz schlug in Höchsttouren, während ich mit Melanie den schmalen Abstieg gemeinsam zu meiner Badebucht antrat. Nach ein paar Minuten gestaltete sich der versteckte Weg, der nur den Einheimischen bekannt war, wie eine natürliche Treppe, die uns hinunter zum weißen Strand führte.

Der Augenblick war unbeschreiblich, wie geschaffen für die Liebe.

Ich streifte mit meinen Händen die Träger von den Schultern und entblößte ihre wohlgeformten Brüste, während sie behutsam mein Shirt hochraffte. Schließlich zog sie daran, bis der Stoff schließlich über meinen Kopf glitt. Darunter trug ich nichts anders als einen schlichten weißen BH.

Melanie beugte sich vor, um die Brustspitzen durch den dünnen Stoff hindurch zu küssen. Ich hob die Arme und ließ es zu, dass ihre Hände zärtlich über meinen Rücken strichen und dieser von einer leichten Gänsehaut überzogen wurde. Darauf öffnete sie den Verschluss und ließ ihn, nachdem ich die Arme wieder herunternahm, zu Boden fallen.

„Du bist eine wundervolle Frau", flüsterte ich ganz nah an ihrem Ohr. Meine Finger erreichten den Reißverschluss ihres Kleides und zog ich ihn ganz nach unten, bis ihr Kleid an ihr hinunterglitt und im Sand liegenblieb.

Mein Atem beschleunigte sich, und ich stöhnte unwillkürlich auf, als sie nur noch im gelben Slip bekleidet vor mir stand.

Hinter uns versank die Sonne langsam am westlichen Horizont und färbte mit ihren weiterhin wärmenden Strahlen die dünnen Wolkenfetzen purpurrot.

Da standen wir nun, nackt und voller Verlangen.

Sie war so was von schön und verführerisch anziehend. So zog sie mich hinunter auf eines der Badehandtücher. Ihre Finger strichen mir zärtlich die Haarsträhnen aus dem Gesicht, während sich ihre Lippen an einer Stelle meines Halses festsaugten und sie mich mit ihrer feuchten Zunge anfing zu verwöhnen.

Ein angenehmer Schauer nach dem anderen durchdrang meinen gesamten Körper. Ja, ich wollte auch hier in meiner Lieblingsbucht mit ihr schlafen. Ich war absolut verrückt nach ihr. Obendrein war ich dies immer.

„Wollen wir schwimmen gehen?", fragte ich sprunghaft mit leicht erregter Stimme. Ich war mit meinen Gedanken bereits im Wasser und stellte mir vor, wie es mit ihr dort sein würde.

Melanie sah mich kurz schmunzelnd an und stand auf. Sie griff nach meiner Hand und zog mich zu sich nach oben. Wir gingen langsam ans Wasser und testeten mit unseren Zehen vorsichtig die Wassertemperatur. Zu Beginn war es kühl, aber wir gewöhnten uns relativ schnell an das kühle Nass. Und langsam wateten wir weiter ins Wasser hinein.

Ich war die erste, die sich traute ganz unterzutauchen und schwamm ein paar Meter unter Wasser Richtung Meer hinaus. Ich kannte mich im Gegensatz zu Melanie hier recht gut aus. Etwa vier Meter war sie von mir entfernt und machte es mir gleich. Sie tauchte unter und durchstieß die Wasseroberfläche knapp vor mir.

Unsere Gesichter waren nur ein Handbreit voneinander entfernt und wir schauten uns direkt in die Augen. Sie umschloss meine Taille mit einem ihrer Arme, der andere fuhr um meinen Hals und zog mich zu sich heran. Ich schloss die Augen und wartete darauf was passieren würde.

Unsere Lippen berührten sich, meine Knie wurden weich bei diesem leidenschaftlichen Kuss. Es war, als finge ich an zu schweben. Ich wünschte mir, dass dieser Kuss niemals enden würde.

Auf einmal griff sie unter meinen linken Oberschenkel und zog diesen zu sich. Ein Kuss folgte dem Nächsten.

„Willst du mich heiraten?", hauchte ich ihr fragend ins Ohr.

Sie ließ von mir ab. „Du willst mich wirklich heiraten?" Ein noch atemberaubenderes Lächeln als sonst lag auf ihrem Gesicht. „Ja, und noch mal sage ich Ja. Ich hatte schon Angst, du würdest es vielleicht niemals fragen. Für mich war von Anfang an klar, dass ich dich für immer wollte."

Der Sonnenuntergang, der sich uns am Horizont bot, war einfach überwältigend und unbeschreiblich schön. Einzigartiger konnte der Abspann in einem Liebesfilm nicht sein als bei uns.

E n d e
© 2017 Judith Hohmann

Zeitfracht Medien GmbH
Ferdinand-Jühlke-Straße 7
99095 Erfurt, Deutschland
produktsicherheit@kolibri360.de